林清玄启悟
人生系列

感悟 心灵

灵性之笔，点亮智慧之灯，
成就圆满人生

—— 林清玄

/著

长江出版传媒　长江文艺出版社

图书在版编目（CIP）数据

感悟心灵 / 林清玄著.-- 武汉：长江文艺出版社，
2019.1
（林清玄启悟人生系列）
ISBN 978-7-5702-0040-5

Ⅰ. ①感… Ⅱ. ①林… Ⅲ. ①散文集－中国－当代
Ⅳ. ①I267

中国版本图书馆 CIP 数据核字(2017)第 294547 号

湖北省版权局著作权合同登记号：17-2013-069
本书由台北九歌出版社有限公司授权出版

责任编辑：孙　琳　　孙晓雪　　　　　责任校对：陈　琪
装帧设计：壹　诺　　　　　　　　　　责任印制：邱　莉　杨　帆

出版：长江出版传媒　　长江文艺出版社
地址：武汉市雄楚大街 268 号　　　　邮编：430070
发行：长江文艺出版社
电话：027—87679360
http://www.cjlap.com
印刷：湖北新华印务有限公司

开本：880 毫米×1230 毫米　　　1/32　印张：8.125　插页：2 页
版次：2019 年 1 月第 1 版　　　　2019 年 1 月第 1 次印刷
字数：183 千字

定价：39.80 元

第五辑　长夜的星空

第一辑

有趣的灵魂互相映照

伟大的心灵往往能突破樊笼，把大雪消融，芭蕉破地而出，使得造化的循环也能有所改变。

送一轮明月给他

一位住在山中茅屋修行的禅师，有一天趁夜色到林中散步，在皎洁的月光下，他突然开悟了自性的般若。

他喜悦地走回住处，眼见到自己的茅屋遭小偷光顾，找不到任何财物的小偷，要离开的时候才在门口遇见了禅师。原来，禅师怕惊动小偷，一直站在门口等待，他知道小偷一定找不到任何值钱的东西，早就把自己的外衣脱掉拿在手上。

小偷遇见禅师，正感到错愕的时候，禅师说："你走老远的山路来探望我，总不能让你空手而回呀！夜凉了，你带着这件衣服走吧！"

说着，就把衣服披在小偷身上，小偷不知所措，低着头溜走了。

禅师看着小偷的背影走过明亮的月光，消失在山林之中，不禁感慨地说："可怜的人呀！但愿我能送一轮明月给他。"

禅师不能送明月给那个小偷，使他感到遗憾，因为在黑暗的山林，

3

明月是照亮世界最美丽的东西。不过，从禅师的口中说出："但愿我能送一轮明月给他。"这口里的明月除了是月亮的实景，指的也是自我清净的本体。从古以来，禅宗大德都用月亮来象征一个人的自性，那是由于月亮光明、平等、遍照、温柔的缘故。怎么样找到自己的一轮明月，向来就是禅者努力的目标。在禅师的眼中，小偷是被欲望蒙蔽的人，就如同被乌云遮住的明月，一个人不能自见光明是多么遗憾的事。

禅师目送小偷走了以后，回到茅房赤身打坐，他看着窗外的明月，进入定境。

第二天，他在阳光温暖的抚触下，从极深的禅定里睁开眼睛，看到他披在小偷身上的外衣，被整齐地叠好，放在门口。禅师非常高兴，喃喃地说："我终于送了他一轮明月！"

明月是可送的吗？这真是有趣的故事，在我们的人生经验里，无形的事物往往不能赠送给别人，例如我们不能对路边的乞者说："我送给你一点慈悲。"我们只能把钱放在盒子里，因为他只能从钱的多寡来感受慈悲的程度。

我们不能对心爱的人说："我送你一百个爱情。"只能送他一百朵玫瑰。他也只能从玫瑰的数量来推算情感的热度，虽然这种推算往往不能画上等号，因为送玫瑰的人或许比送钻戒者的爱要真诚而热烈。

同样的，我们对于友谊、正义、幸福、平安、智慧……等等无价的东西，也不能用有形的事物做正确的衡量。我想，这正是人生的困局之一，我们必须时时注意如何以有形可见的事物来奥妙表达所要传递的心灵讯息。可悲的是，在传递的过程常常会有"落差"，这种落差常使骨肉至亲反目，患难之交怨愤，恩爱夫妻化离，有情人终于成为俗汉。

这些无形又可贵的情感，与禅的某些特质接近，是"只可意会，不可言传"，是"不立文字，教外别传"，是"当下即是，动念即乖"，是"云在青天水在瓶"，是"平常心是道"！

这个世界几乎没有一种固定的方法可以训练人表达无形的东西，于是，训练表达无形情感的唯一方法就是回到自身，充实自己的人格，使自己具备真诚无伪、热切无私的性格，这样，情感就不是一种表达，而是一种流露。

在一个人能真诚流露的时候，连明月也可以送给别人，对方也真的收得到。

我们时时保有善良、宽容、明朗的心性，不要说送一轮明月，同时送出许多明月都是可能的，因为明月不是相送，而是一种相映，能映照出互相的光明。

此所以禅师说："但愿我能送一轮明月给他！"是真正人格的馨香，它使小偷感到惭愧，受到映照而走向光明的道路。

以美点亮心灯

　　在音乐厅观赏了"梵音海潮音"，走出来才发现室外的空气非常清冷，刚刚在听梵乐的时候那种温暖也就格外感到明确而深刻了。

　　我沿着中正纪念堂的水池边散步，想起一个传说，传说释迦牟尼佛在灵山上说法时，因为怜悯盲目的弟子严窟尊者，曾以弦乐器伴奏，唱颂地神陀罗尼偈。

　　传说为文殊师利菩萨化身的妙音佛母，他的造型便是手里拿着琵琶的，当他弹琴唱歌的时候，据说，这世界所有的烛火都会被点亮，人心里的光明也因为听见那样优美的音乐而亮起了。

　　西元前二世纪时的马鸣菩萨，曾经将释迦牟尼佛的故事写成《佛所行赞》，并且将赖托和罗求法之事，写成赖托和罗伎，在王城前的大广场演出，由于音乐太动人了，曾引起五百位青年矢志出家。

　　我自己也有许多次被佛教音乐深深感动的经验，有一次是在寺庙里

的晚课时间，听到许多师父合唱弘一大师和太虚大师合写的《三宝歌》，回肠荡气、波澜壮阔，仿佛一面大旗飘舞于风中，使得那首歌唱完了，我独独坐在一旁，一时竟说不出话，也不能起身。

那时我还没有信佛，而且是首次听唱《三宝歌》，非常的自怨：佛教有这么美妙的歌，我以前怎么不知道呢？

后来，我学会唱《三宝歌》，每次一启口唱到"人天长夜，宇宙暗黯，谁启以光明？"都会忍不住眼湿，不久，我就皈依了三宝。

还有一次，是在密宗的灌顶法会上，台前点了数百盏光明灯，人人双手合十，合唱"嗡嘛呢呗咪哞"，周而复始，循环不息，唱到后来，人仿佛是站在一朵云，或一朵莲花之上，这六字大明咒原是"祈求内心的莲花开放"之意，吟咏地唱起来，感觉到莲花正一瓣一瓣地伸展着，而四周的灯火正在大放光明……

这一次"梵音海潮音"的演唱，看到佛光山丛林学院的师父，风尘仆仆地跑到最高的音乐殿堂演唱，给了我们三个非常大的启示，一是师父们也可以唱出极其美妙的歌声；二是佛教的歌曲也可以登音乐之堂奥；三是用歌声可以唤醒人内在那柔软的心灵，促使人走向觉悟。

更令我欢喜的是，担任指挥的王正平先生和演唱《三宝颂》《目连救母》的吕丽莉小姐都是我的旧友，几年不见，他们的音乐造诣都已经有了极高的境界，而且都皈依了三宝，是虔诚的佛教徒。

这一次的曲目里有《炉香赞》《三宝颂》都是由王正平编曲，一首繁复优美的《天龙引》也由他作曲，可见他在佛教音乐中已经浸淫甚久，并且也带着我们看见梵呗音乐的新美景。

吕丽莉高亢的歌声，唱着"南无佛陀耶，南无达摩耶，南无僧伽耶，南无佛法僧，您是我们的救主，您是我们的真理，您是我们的导师，您是我们的光明，我皈依您，我信仰您，我尊敬您，南无佛陀耶，南无达摩耶，南无僧伽耶……"时，真情流露，动人心魄。特别是唱《目连救母》："昔日有个目连僧，救母亲临地狱门，借问灵山有多少路，有多少路？阿弥陀佛！有十万八千有余零，阿弥陀佛，阿弥陀佛！"如泣如诉，余音绕梁，使人的心提到一个非常细微而温柔的境地。

仁爱国小合唱团唱的《心经》，童心洋溢，使深奥的《心经》一时如路边的繁花盛放。

佛光山丛林学院这一次菁英尽出，以雄浑伟岸的男女声合唱，使我们好像亲临了马鸣菩萨的王城广场，也像聆听了妙音佛母的琵琶之声，使在场满座的观众内在的灯火都得到点燃。

"梵音海潮音"的演出，更确定了我一向的信念，就是"禅心不异诗心"，艺术的心灵与走向菩提的心灵是同一个心灵，一个人如果借由艺术的提升而走向心灵的超越之路，也就更接近了佛教的道路，这是为什么中国许多伟大的诗人艺术家都借由佛道的体验而提升了创作境界的理由；也是为什么许多伟大的禅师都以诗歌教化世人的理由；也是为什么佛教经典本身都是很好的文学作品的理由；也是敦煌艺术历千年不朽的理由；是所有梵呗都是动听的乐章的理由呀！

艺术的心灵是在走向生命之美，佛法是使那美融入了真理与慈善，化为圣道，走向生命的大美！

在这样混乱的世代里，一般人无法契入禅佛之教，是因为心灵里缺乏美的质地，如果能唤醒那种美的质地，就易于体会佛道的真实、灵慧与优美，而这种唤醒与契入，艺术实在是很好的桥梁。

我走过中正纪念堂草木扶疏的曲折步道，还为刚刚在音乐厅里的"梵音海潮音"而感动，但是心里不免觉得可惜，就是，假若能在全省巡回演唱，不知道有多么好！

蝴蝶之吻

○
○
○

1

看到一只蝴蝶在花上吃蜜。

它的动作那样轻巧温柔，它吃了蜜后就翩翩起飞，飞到另一朵花，好像吃够了，它飞出墙外、飞过枝头，往远处逸去了。

那只蝴蝶吃花蜜，既没有执着，也没有陷入；既不迷恋，也不留连；那样美、自由和潇洒，使我为之震动。

再回来看那些花，香依然、色依然、花形也依然，丝毫也看不出被"采花"的痕迹。花是这样美丽，蝴蝶采花也是一样的美丽呀！

我想起从前一个朋友告诉我的，那叫作"蝴蝶之吻"，蝴蝶之吻是轻轻的、温柔的，有如眼睫毛飘落在脸颊。

蝴蝶之吻是吻者与被吻者都不受到伤害，都能感受到互相亲近的美。

蝴蝶之吻是轻巧的，行于所当行，止于所当止，随时保持着自由与飞翔。

蝴蝶之吻是细致的，但取其味、不损色香，被吻过的花依然是美，甚至更美。

蝴蝶与花朵就是那样轻轻地吻着呀！仿佛前世斯文的约定。

2

我想到小时候最喜欢玩的游戏，就是"拈蜻蜓"和"拈蝴蝶"。

看到蜻蜓憩于枝丫，或蝴蝶停驻花上，我们就蹑步走近，像一只猫那样轻巧，然后以拇指或食指拈住蜻蜓的尾巴或蝴蝶的翅膀。

蜻蜓是很容易拈到的，因为它一停下来就像是老僧入定。

蝴蝶可就很难很难拈到，蝴蝶总像云水的禅师，随时准备要起飞，保持着醒觉的状态。

美丽的蝴蝶一飞起，我们往往搓着拇指和食指惊呼，那惊呼中有惋惜，更多的是赞叹！

那种轻巧、敏捷、清醒，也是蝴蝶之吻呀！

常常会被拈到尾巴的是蜻蜓之吻，那是因为太执迷了。

3

还有各种不同的吻。

会把别的众生吃掉的，叫作"癞蛤蟆之吻"或是"蜥蜴之吻"。

会把与自己最亲密的伴侣吃掉的叫作"蜘蛛女之吻"。

走起路来地动山摇，吃起东西胃口奇大，好像一张口可以吞下地球，最后自己绝种的叫作"恐龙之吻"！

4

"癞蛤蟆之吻"与"蜥蜴之吻"是丑陋的、粗鲁的、赤裸裸的，我们看台湾的公共政策大致是这种吻法，看到猎物就迎上前去，一阵吐舌席卷，乱吃一气。于是台北盆地一片地裂天崩、肝肠寸断，如果坐直升机在空中巡视一圈，会以为是世纪末刚刚受到什么怪兽凌虐的灾区。

"蜘蛛女之吻"则是血腥的、残暴的、没有羞耻的，台湾的文艺、电影、文化大致是这种吻法。如果我们写的书没有人要看，我们就大可宣称读者已死，或者说现代人没有文学心灵，然后在年终，我们再集合一些人选出十大"好书"、十大"有影响力的书"、十大"石破天惊的书"，吸引那些尚未死心的读者，来把他们一起杀死，因为他们如果依靠那些专家选的书，阅读的兴趣必死无疑。

为什么那些人要以吻死读者为己任，置读者的兴趣于度外呢？为什么他们不能了解，对作家来说，读者是最好的伴侣呢？

那些一直在叫着文学没落、读者没有水准的作家，他们永远也不会找到他们的书滞销的秘密，就好像黑寡妇蜘蛛每年都在自问："为什么上门的绅士愈来愈少呢？"

有一点大概是批评家自己很难看见的（或者根本就不敢看），那就是他们的书实在太难看，他们的才华实在太有限了，只好年年继续着"蜘蛛女之吻"。

电影就更悲哀了，一片腥风血雨，非色即杀，全以吓死、害死、杀死为己任，有一些电影片名甚至我们都说不出口，不想把那些片名写在这里，以免玷污了我的稿纸。

像这种电影的搞法，除了吓跑观众，害死做电影的人，还会有什么

前途呢？

整个社会的品质是如此血腥残暴，整个表现形式是这样没有羞耻，当一个社会里，婚礼也跳脱衣舞、丧礼也跳脱衣舞、祭神或开工都跳脱衣舞的时候，我们要怎样说它的文化呢！

"恐龙之吻"指的乃是台湾的贪官污吏，贪污几乎无日无之，凡有工程必有贪污，凡有军购必有贪污，凡有利益必有贪污，"一个田螺煮九碗公汤"，端出来的虽然还是田螺汤，但其他的田螺不知道跑哪里去了！

难道这些贪官污吏都没有研究过恐龙绝种之谜吗？正是恐龙吃得太多，体积太庞大，最后反应迟钝而死。（听说把恐龙的尾巴锯掉，要七十秒之后，痛的指令才会传到大脑呢！）

贪官污吏只有一种情况会绝种，就是继续吃，吃到民怨沸腾、天怒人怨、社会瓦解的时候。因此，我们何不多管制它的食物，让它们早点绝种呢？

5

我们的社会真的需要更多的蝴蝶之吻，轻巧温柔、细致斯文，既没有执着，也没有陷入；既不迷恋，也不留连；那样美、自由和潇洒。

我们也可以写一些美丽的、人人都喜欢读的文学，不一定是读不懂的、没人看的才是文学。

我们也可以拍一些像诗歌一样爱情的电视，不一定要哭喊、上吊或捶打。

我们也可以拍一些写实的、好看的电影，不一定要拍刀伸出来、舌头伸出来、什么都伸出来的电影。

我们也可以做更好的公共工程规划，使环境好看一些，不一定要一个城市都贴满胶布、膏药和绷带呀！

我们可以上行下效，大家都不要贪污，使公务员都能抬头挺胸、过有尊严的生活，不一定要"账面"那么好看，每个公务员都是从千万财产起算，然后亿、十亿、百亿，公务员有太多钱就像老妓厚抹脂粉一样，不是什么光彩的事呀！

6

看那只蝴蝶飞越枝头而去，我心里颇有羡慕之意。

想到我们的社会有癞蛤蟆文化、蜥蜴文化、蜘蛛女文化、恐龙文化，不知将使社会迈向何方？

有时候想到那更幽微的部分，心情就感到沉重，觉得我们应该创造一种蝴蝶的文化，轻巧、敏捷、清醒、云水自由，随时准备起飞。

带着蜜、带着花香、带着美丽，起飞！

雪中芭蕉

王维有一幅画"雪中芭蕉"，是中国绘画史里争论极多的一幅画。他在大雪里画了一株翠绿芭蕉。大雪是北方寒地才有的，芭蕉则又是南方热带的植物，"一棵芭蕉如何能在大雪里不死呢？"这就是历来画论所争执的重心。像《渔洋诗话》说他："只取远神，不拘细节。"沈括的《梦溪笔谈》引用张彦远的话说他："王维画物，不问四时，桃杏蓉莲，同画一景。"

但是后代喜欢王维的人替他辩护的更多，宋朝朱翌的《猗觉寮杂记》说："右丞不误，岭外如曲江，冬大雪，芭蕉自若，红蕉方开花，知前辈不苟。"明朝俞弁的《山樵暇语》谈到这件事，也说都督郭在广西："亲见雪中芭蕉，雪后亦不坏也。"明朝的王肯堂《郁冈斋笔尘》为了替王维辩护，举了两个例子，一是梁朝诗人徐摛的一首诗："拔残心于孤翠，植晚玩于冬余。枝横风而色碎，叶渍雪而傍孤。"来证明雪中有芭蕉是可信的。一是松江陆文裕宿建阳公馆时"闽中大雪，四山皓白，而芭蕉一株，横映粉墙，盛开红花，名美人蕉，乃知冒着雪花，盖实境也"。

这原来是很有力的证据，说明闽中有雪中的芭蕉，但是清朝俞正燮的《癸巳存稿》又翻案，意见与明朝谢肇淛的《文海披沙》一样，认为"如右丞雪中芭蕉，虽闽广有之，然右丞关中极雪之地，岂容有此耶"。谢肇淛并由此提出一个论点，说："作画如作诗文，少不检点，便有纰漏。……画昭君而有帷帽，画二疏而有芒跻，画陶母剪发而手戴金钏，画汉高祖过沛而有僧，画斗牛而尾举，画飞雁而头足俱展，画掷骰而张口呼六，皆为识者所指摘，终为白璧之瑕。"期期认为不论是作什么画，都要完全追求写实，包括环境、历史，甚至地理等等因素。

我整理了这些对王维一幅画的诸多讨论，每个人讲的都很有道理，可惜王维早就逝去了，否则可以起之于地下，问他为什么在雪中画了一株芭蕉，引起这么多人的争辩和烦恼。

我推想王维在做这幅画时，可能并没有那么严肃的想法，他只是作画罢了。在现实世界里，也许"雪"和"芭蕉"真是不能并存的，但是画里为什么不可以呢？

记得《传灯录》记载过一则禅话：

六源律师问慧海禅师："和尚修道，还用功否？"
师曰："饥来吃饭，困来即眠。"
六源又问："一切人总如师用功否？"
师曰："不同，他吃饭时不肯吃饭，百种须索，睡时不肯睡，千般计较。"

这一则禅话很可以拿来为雪中芭蕉作注，在大诗人、大画家、大音乐家王维的眼中，艺术创作就和"饥来吃饭，困来即眠"一样自然，后代的人看到他的创作，却没有那样自然，一定要为雪里有没有芭蕉争个你死我活，这批人正是"吃饭时不肯吃饭，百种须索，睡时不肯睡，千般计较"。此所以历经千百年后，我们只知道王维，而为他争论的人物则如风沙过眼，了无踪迹了。

我并不想为"雪中确实有芭蕉"翻案，可是我觉得这个公案，历代人物争论的只是地理问题，而不能真正触及王维作画的内心世界，也就是有两种可能：一种是雪中真有芭蕉为王维所眼见，是写景之作。另一种是雪中果然没有芭蕉，王维凭借着超人的想象力将之结合，作为寓意之作。也就是"精于绘事者，不以手画，而以心画"的意思。

王维是中国文学史、绘画史、音乐史中少见的天才。在文学史里，他和诗仙李白、诗圣杜甫齐名，被称为"诗佛"。在绘画史里，他和李思训齐名，李思训是"北宗之祖"，王维是"南宗之祖"，是文人画的开山宗师。在音乐史里，他是一个琵琶高手，曾以一曲《郁轮袍》名动公卿。

十五岁的时候，王维作了《题友人云母障子诗》《过秦王墓》，十六岁写《洛阳女儿行》，十七岁赋《九月九日忆山东兄弟》，十九岁完成《桃源行》《李陵咏诸诗》……无一不是中国诗学的经典之作。十九岁的王维中了解元，廿一岁考上进士，他少年时代表现的才华，使我们知道他是个伟大的天才。

王维也是个感情丰富的人，他留下许多轶事，最著名的有两个。当时有一位宁王，有宠姬数十人，都是才貌双绝的美女。王府附近有一位卖饼的女子，长得亭亭玉立，百媚千娇，非常动人，宁王一见很喜欢她，把她丈夫找来，给了一笔钱，就带这女子回家，取名"息夫人"。一年后，宁王问息夫人："你还想以前的丈夫吗？"她默默不作声。于是宁王把她丈夫找来，彼此相见，息夫人见了丈夫泪流满颊，若不胜情。宁王府宾客数十人，都是当时的名士，看了没有不同情的。宁王命各人赋诗，王维即席作了《息夫人怨》：

> 莫以今时宠，而忘旧日恩；
> 看花满眼泪，不共楚王言。

宁王看了大为动容，于是把息夫人还给她的丈夫。

另一个是安禄山造反时，捕获皇宫中的梨园弟子数百人，大宴群贼于凝碧寺，命梨园弟子奏乐，他们触景生情，不禁相对流泪，有一位叫雷海清的乐工禁不住弃琴于地，西向恸哭，安禄山大怒，当即将雷海清肢解于试马殿。王维听到这个消息，写了一首十分深沉的诗：

> 万户伤心生野烟，百官何日再朝天；
> 秋槐叶落空宫里，凝碧池头奉管弦。

从王维的许多小事看来，虽然他晚年寄情佛禅，专写自然的田园诗篇，在他的性灵深处，则有一颗敏感深情、悲天悯人的心。这些故事，也使我们更确信，他的绘画不能光以写实写景观之，里面不可免的有抒情和寄意。

他自己说过："凡画山水，意在笔先。"《新唐书》的《王维本传》说他："画思入神。至山水平远，云势石色，绘工以为天机独到，学者所不及也。"我认为，一位"意在笔先""天机独到"的画家，在画里将芭蕉种在大雪之中，并不是现实的问题，而是天才的纾运。

王维的诗作我们读了很多，可惜的是，他的绘画在时空中失散了。故宫博物院有一幅他的作品《山阴图》，花木扶疏，流水清远，左角有一人泛舟湖上，右侧有两人谈天，一人独坐看着流水，确能让人兴起田园之思。据说他有两幅画《江山雪斋图》《伏生授经图》流落日本，可惜无缘得见，益发使我们对这位伟大画家留下一种神秘的怀念。

我一直觉得，历来伟大的艺术家，他们本身就是艺术。以"雪中芭蕉"来说，那棵芭蕉使我们想起王维，他纵是在无边的大雪里，也有动人的翠绿之姿，能经霜雪而不萎谢。这种超拔于时空的创作，绝不是地理的求证所能索解的。

在造化的循环中，也许自然是一个不可破的樊笼，我们不能在关外苦寒之地，真见到芭蕉开花；但是伟大的心灵往往能突破樊笼，把大雪消融，芭蕉破地而出，使得造化的循环也能有所改变，这正是抒情，正是寄意，正是艺术创作最可贵的地方。寒冰有什么可畏呢？王维的《雪中芭蕉图》应该从这个角度来看。

袖珍与怀璧

○
○
○

多年以前，有一位生长于北方的老师对我说过，他们幼年时候穿的是中式传统服装，这种服装是没有口袋的，他们把贵重的财物放在贴身的暗袋里，暗袋绕缠在腰间，因此购物取钱时要先撩起袍服，伸手到暗袋掏了半天才取出几枚铜钱；因为取钱不便，所以一般人颇为惜财，非至必要少在当街掀袍。

但是中国的古式衣服也并非没有藏物的所在，像胸怀之中，由于系了布腰带，可以放一封信、一册书，或甚至一个锦盒，因为是"右衽"，往怀中一取即得。古人说"匹夫无罪，怀璧其罪"，这块美玉甚大，只好置诸怀中，不能放在暗袋；我们看古戏里，大部分的事物都是取自怀中，怀里自有乾坤。追本溯源起来是因为我们实在没有一个大的口袋。

更有趣的是，除了怀中，中国服式中还有宽袍大袖，袖里的乾坤更大。听老师说起一个故事，说是北方一到冬天冰雪封冻，至朋友家叙谈，进门之后主客寒暄一毕，来人竟可以从袖中取出一只鸡、一壶烧刀子的烈酒，甚而几碟小菜，聚谈中宵。倘若是谈文论艺，说不定能从袖里取出两卷书画来，挂壁同赏。听起来有些不可思议，却是确有其事；想起来我们如今要找朋友喝酒聊天，必然是大包小袋才能带这些东西，比不得古人潇洒。

这大概就是我们今日所说的"袖珍"了。袖中自有珍藏，唾手可得。我们看武侠电影或小说，常见潇洒的文士自袖里抖出一把折扇，饮茶呷酒后一垂手，两三枚碎银子即执在手中，这些宽袍大袖之士通常最是武艺高强，即使是黑道人物遁逃之际，反手一把暗器也是从袖中射出。

怀袖之用大矣哉，我们今天使尽所有的口袋，恐怕也不及古人的一口袖子。我们今天所穿的衣服竟无法藏住一本书，不要说是抽出一卷画、一壶酒、一只鸡了。我们今日所穿的西式衣服，是为了实用与方便，中间就少了一点置之怀袖、取之怀袖的古意。

我读过一些中国服装历史的资料，发现中国服装之美就在它的线条有一种飘逸之姿，能与竹篁松林流水高山做最好的配合。为什么中国古装能有那么高超的线条之美，在于它没有纵横排列的口袋，因为口袋是明的，线条则不能与风月同扬。

常有人批评为什么中国水墨里不能有西装人物呢？这不是美术的问题，是生活线条的问题，因为中国水墨讲意境、讲含蓄、讲触机，西装人物一目了然，无机可触，自然是不合意境要求的。但西装也非自古如此，罗马帝国恺撒时代，罗马大袍袖里甚至可以抽出一把冷剑来。

由于生活服饰的改变，我们已经没有怀袖，怀袖里甚至不能放一本书。

记得十几年前，我还是一个高中生，喜欢读书，那时有一种小版本的书，可以放在袖口袋里，随手取阅。我过着通车上学的生活，一跳上车就抽出一本小册的小说或诗集，解决了通车上学的枯燥；那时比较著名的是商务的人人文库、文星丛刊、水牛文库、仙人掌文库、大林文库等，放在架上不占地方，置于袋里也不会有怀袖之想。

不知道什么时候，我们的书突然"大"起来，大到连西式口袋也无能为力，加上套书横行，不要说口袋，连翻阅都感到大为不便，尤其许多大书不能零售，令书灾泛滥的人本想仅读一本，也徒呼负负，不能为力。

我觉得书的巨大及书的成套，固能使我们以书柜代酒橱，对读书风气的推展却有不良影响。人既不能"怀璧"，也不能"袖珍"，读一本豪华精装的大书要先沐浴净手，正襟危坐，则读书还有什么乐趣呢？书之可读，乃在于能坐也读之、站也读之、卧也读之、如厕也能读之，贵在内容不在版本，好在方便不在豪华；因而逛书市时，最使我怀念那小本的书，也怀念那些读后有益、信手丢弃的书，书是用来读的，不是用来"购藏"的。

我们的书都这么大，这么豪华，我们却又失去了古人的宽袍与大袖，随身带书就颇为不便了。

在书香遍地的这个时刻，出版界是不是愿意以小成本出版好书？我们不排斥豪华的书，但也不要失去古已有之的袖里乾坤。尤其是一些消闲化气的书，印得豪华有什么用？看看那些盗版书，本本都有豪华的硬壳子，可见一本书的心血不在它的壳子，而在它的可读，不管它是放在怀中、袖里、袋里！

一枝草，一点露

○
○
○

　　我坐的飞机正越过中央山脉，要到台东去。

　　从机窗往外看去，云层稀稀落落的，在机身底下追逐游戏。穿过云层，就看到一片山林起伏、绿意盎然的大地了，潮湿温润，在阳光下有一种玉的感觉。沿着绿地，温柔怀抱大地的，是海！湛蓝、蔚蓝、澄蓝、透明的海，在海岸边缓缓地前进与后退。

　　在山与海之间，错落着一些梯田和田庄，从空中看，我们才知道台湾的人民是用多么深情的心在耕耘这片土地，它多么的整齐、优美、细致！

　　亮亮[1]，我每次坐飞机越过台湾上空，就有一种泫然欲泪的感动，感恩的心就像海浪一样汹涌着，觉得自己多么有幸生长在这块翠绿的大地，与那么多辛勤而纯朴的人民一起生活、工作、成长，来创建我们的

1　作者的少年朋友。——编者注

26

家园。

有几次，我看着这片土地，竟真的哭了。我在笔记上写："今天看台湾，感动得流泪。"被一位朋友看到了，觉得不可思议。

亮亮，在过去的岁月，我飞过大半个地球，走过世界的许多国家，可是我还是认为台湾的土地最美、最有生命力。这种感怀有一部分是情感因素，但也不全然，其中有大部分是很理性的。

像我每一次走过台北的水果摊前，都要为那些饱满、鲜艳、丰润得快滴出水的果实感动不已，在这个世界上，我们多么幸运，可以生长在美好肥沃的土地上。那些水果不但味美，在视觉上给我们安慰，也有一种特别芳香之感。我常常想：是什么样的土地可以长出如此多而丰美的果实？是什么样的辛勤人民血汗的耕耘，才使我们能品尝这美丽的果实？然后我就觉得有一股暖流穿过我的全身血管，使每一个细胞都饱含着感恩与欢喜。

像我每一次到中南部去，站在金黄色的稻田中央，看那些头垂得低低的稻穗，在春日的微风中摇曳，我就觉得心情开朗而辽阔。亮亮，我总是想起，是这样的平原抚养我长大，我们从农村中长大的孩子，对台湾成长的痕迹总觉得历历如绘。

在三尺见方的小小土地

还有，茶叶行与青菜摊也是我喜欢去的地方，茶叶店中新烘焙的茶香，令我感受到天地的灵气、日月之精华，想起从前无数次因采访而在茶农家饮茶那温馨的记忆。青菜摊的蔬菜，使我想到在河川、山坡畸零地上，老农夫背着水箱洒水的景象。亲爱的亮亮，就是在三尺见方的小小土地上，我们的农夫也可以种出一大把一大把的青菜。

在台湾土地上旅行时，我常想起佛经里的四个字"中土难生"，中土，原本是中原的意思，是指有佛法的地方，可是我们也可以把它解为是一个有好风好土的地方，是人活着有尊严有希望的地方。想起在这扰攘的世界上，有许多民族正为生死在战争，许多国家长期处在饥饿动乱的情景，我们能活在这里的人应该学会感恩。

可叹的是，我们长久以来都过于轻忽、践踏了我们的土地，特别是在都市化的地方，都不能免于空气污染、交通混乱、人心败坏、道德堕落，使人很难相信在短短的日子里，社会文化的巨变。

从前南部的高雄治安恶化，与高雄相比，台北仍然是好的，因此台北人流行着一句话："高雄到了，高雄到了，下车的时候请别忘了防弹衣。"前些日子，遇到国外回来的朋友，告诉我现在国外流行的一句话："台湾到了，台湾到了，下机的旅客请别忘了穿防弹衣！"可见台湾治安的恶化已经是国际知名了。

一个如此有钱的地方（外汇存底世界第二，消费指数世界第二），却可以如此的无礼与无体，恐怕也是世界仅见的。亮亮，这都是由于我们这个社会从来没有真正重视文化与文明的教化，人的品质在环境变迁中从未提升，因此如果我们不能努力地防止人心的恶化，台湾的将来是可忧虑的。

更可怕的是，这种恶化不仅是城市的，也是乡村的，现在几乎整个台湾土地都已经陷入了人心恶化的情况。我有时到中南部去，看到游手好闲的青年，听父老谈起治安的恶化，被野鸡与流氓骚扰的乡城，都会使我在暗夜的旅店中感到心碎。怪不得有许多人在有一点积蓄后就急着去移民，前不久遇到一位要移民到新西兰的朋友，我问他："大家都要移民到美国或加拿大，为什么你却要去新西兰呢？"

朋友说："我觉得新西兰的风土有点像二十年前的台湾，干净、宁静、安全！"

亲爱的亮亮，这是多么可悲呀！我们已经在不知不觉中失去了干净、

宁静、安全！经济与财富如果要付出这样的代价，牺牲未免就太大了。

鲁宾逊症候群

日本现代医学有一个名词叫"鲁宾逊症候群"，是指那些永远期待未知世界的人，他们不能满足现状，一生都在漂流，最后就像一个困居在小岛上的人，连最后的一只孤舟也找不到。那是因为心灵真正的归属，并不在寻找新的世界，而是在内心的安顿。

这个名词可以用来形容这些年来台湾的追求，我们从小就教孩子要考上好的大学才有前途，要出国留学才有前途，要赚大钱才有前途！于是功利的思想早就深植人心。特别是为了这些功利，我们不上音乐课、美术课、体育课，甚至停止公民与道德，这就像一朵花从来不想要扎根，只想要开花一样——花或者也会开，却像漂流的浮萍，没有落实之处。

我们居住的土地与人民之所以会败坏，教育是一个非常巨大的因素，爱乡爱土爱人民，肯定心灵的提升与道德的价值，这些说起来很可能是太保守了，可是如果不从这里来重建，在浮荡的现代社会，我们要在何处系上我们的心灵之舟呢？

亲爱的亮亮，人生是如此短暂，个人的享受是这样有限，一个人倘使不能安下心来看自己的乡土，不能对社会的成长有承担的勇气，使我们的土地更适合人民生活，那么，就是住在最豪华的屋宇，有人间最高级的享受，也没有什么意义了。

假设，我们能挽救天下人心，就是天天吃番薯配咸菜，我们也可以甘之如饴。

如果，我们能停止台湾土地的败坏、人民的堕落，即使只是站在水果摊前，看各形各色的水果在黑夜中闪现光泽，就是无比幸福的事了。

到台东了，我住在距离海岸不远的地方，感觉就像回到二十几年前一样，干净、宁静、安全。

今天早晨我到知本温泉去，在林野间散步，每一株草每一片树叶都饱含着露水，使我想起父祖辈时常说的一句俚语："一枝草，一点露！"使我感觉到每一片草叶都是微笑地来面对这个世界。也想到另一句俗语："草仔枝，也会绊死人！"在我们生活的四周，有许多小事看起来无关紧要，有时就会被小事绊倒，甚至摔死。

亮亮，台湾文化的进程正有如这两句俗语，我们的努力正如一枝草一点露，永远不会落空；我们的轻忽或粗鄙则像是路中的草枝，正准备要绊倒我们，要清除这些草枝，靠的不只是经济的力量，而是心灵的安顿。

心灵，才是最后的拯救

不久前，柏林围墙被推倒了，我们看到了全世界的人都在为自由的胜利而欢呼，但是有一则被忽略的新闻特别地感动了我，就是美国当代著名的指挥家伯恩斯坦在东柏林指挥一个由六个乐团组成的大型管弦乐团，包括伦敦爱乐管弦乐团、巴黎交响乐团、德勒斯登交响乐团、纽约爱乐管弦乐团、列宁格勒吉洛夫剧院交响乐团、巴伐利亚电台合唱团，一起在东柏林演奏贝多芬的《第九交响曲》，理由非常简单："庆祝柏林人重聚一堂。"

那使我感觉像是坐在海边，看海浪涌来又退去，每一次呼吸都像是进入了天地最奥秘与浪漫的内在世界。柏林围墙是全世界人心里藩篱的象征，而贝多芬《第九交响曲》给我们的提振，则象征了人心的自由。

心灵之美，才是世界最后的拯救，对于台湾的将来，也是如此！

亲爱的亮亮，我在知本温泉深呼吸时，感受到有一股热气来自遥远的地心，它贯入我的心，使我感到无比的温热，亮亮，这是我们的土地，我们要更深切地学习微笑、感恩、包容、赞美、牺牲与祈祷，我们要真诚地、全心全意地把一切献给这丰美的土地，还有那些，每次看见了都想立正向他们致敬的人民，这土地与人民总令我想起那庄严、澎湃接近于完美的贝多芬《第九交响曲》。

人格者

○
○
○

　　一位从年轻时代就以帮人按摩维生的盲眼阿婆，一直住在小镇的郊外，有一天她带着积蓄到镇里找水电行的老板。

　　"陈老板，可不可以在我家前的路上装几盏路灯？"阿婆说。

　　水电行老板感到非常吃惊，说："阿婆，您的眼睛看不见，装路灯要干什么？"

　　"从前，我住的地方偏僻，没有人路过，所以不觉得有装灯的必要，加上那时生活苦，也没有多余的钱装灯。现在我存了一些钱，而且从那里过的人愈来愈多，为了让别人走路方便，请您来帮忙装几盏灯吧！"阿婆说。

　　陈老板听了很感动，只收工本费来为阿婆装路灯。

　　盲眼阿婆要装路灯的消息，第二天就传遍了全镇，所有的人都被阿婆的善心感动了，主动来参加装灯行动，大家纷纷捐钱，热烈的程度超过想象。因为每个人都在心里想着："盲眼人都想到要照亮别人，何况是我们这些好眼睛的人呢？"

结果，阿婆家外的路灯不但全装起来了，马路扩宽了，通往郊外的木板桥也改成水泥桥，连阿婆的木屋都被用砖头水泥重砌，成为一个又美丽又坚固的房子。

盲眼阿婆做梦也没有想到，只是因为小小的一念善心，竟使得整个小镇都变得光明而美丽，并且燃烧了大家心里的火种，在那装灯铺路的一段日子里，镇上的人活得充实而快乐，知道了布施使一个人壮大而尊严，充满人格的光辉。

后来，盲眼婆婆死了，但是在那小镇上，每个人走过她家前的马路，立即记起那小屋里曾住过一位伟大的人，一代一代过去，家长总是以盲眼婆婆的爱心作为教育孩子的典范，使得那小镇许多年后还是一个满溢爱心的小镇，少年孩子走过盲眼婆婆的路灯下，在深黑的夜里，没有不动容的。

这个故事告诉我们，人的伟大与否，和职业、地位，乃至身体的残缺都没有必然关系，就在我们生活四周，有许多卑微的小人物，他们也像路灯一样放射光明，教育我们，使我们能坦然走向一个有更高超志节的世界。

在台湾乡间，把那些道德节操令人崇敬的人，称为"人格者"，他们生活在各阶层，没有一定的面目，唯一相同的是，他们的人格不可侵犯，不论处在多么恶劣的情况下，他们都不出卖自己，并且在处境最坏的时候还能关心别人。一听到"人格者"这句话，真能令人肃然起敬。

记得我的父亲过世时，在墓地上，一位长辈走过来拍我的肩，对我说："你爸爸是一个人格者。"这句话使我痛哭失声，充满了感恩。我想，一个人如果被称为"人格者"，他在这世界就没有白走一遭。

在农田里、在市场中、在许多小人物的地方，我们有许多人格者，才使台湾乡土变得美丽而温暖，他们以生命直接照耀我们、引我们前行。

可悲的是，进入商业社会的台湾小城，人格者一天比一天难找了。

是不是让我们现在就来立志，一起来继承"人格者"的传统呢？

黑暗的剪影

在新公园散步，看到一个"剪影"的中年人。

他摆的摊子很小，工具也非常简单，只有一小把剪刀、几张纸。但是他剪影的技巧十分熟练，只要三两分钟就能把一个人的形象剪在纸上，而且大部分非常的酷肖。仔细地看，他的剪影上只有两三道线条，一个人的表情五官就在那三两道线条中活生生地跳跃出来。

那是一个冬日清冷的午后，即使在公园里，人也是稀少的，偶有路过的人好奇地望望剪影者的摊位，然后默默地离去；要经过好久，才有一些人抱着姑且一试的心理，让他剪影，因为一张廿元，比在相馆拍一张失败的照片还要廉价得多。

我坐在剪影者对面的铁椅上，看到他生意的清淡，不禁令我觉得他是一个人间的孤独者。他终日用剪刀和纸捕捉人们脸上的神采，而那些人只像一条河从他身边匆匆流去，除了他摆在架子上一些特别传神的、

用来做样本的名人的侧影以外，他几乎一无所有。

走上前去，我让剪影者为我剪一张侧脸，在他工作的时候，我淡淡地说："生意不太好呀？"没想到却引起剪影者一长串的牢骚。他说，自从摄影普遍了以后，剪影的生意几乎做不下去了，因为摄影是彩色的，那么真实而明确；而剪影是黑白的，只有几道小小的线条。

他说："当人们太依赖摄影照片时，这个世界就减少了一些可以想象的美感，不管一个人多么天真烂漫，他站在照相机的前面时，就变得虚假而不自在了。因此，摄影往往只留下一个人的形象，却不能真正有一个人的神采；剪影不是这样，它只捕捉神采，不太注意形象。"我想，那位孤独的剪影者所说的话，有很深切的道理，尤其是人坐在照相馆灯下所拍的那种照片。

他很快地剪好了我的影子，我看着自己黑黑的侧影，感觉那个"影"是陌生的，带着一种连我自己都不敢相信的忧郁，因为"他"嘴角紧闭，眉头深结。我询问着剪影者，他说："我刚刚看你坐在对面的椅子上，就觉得你是个忧郁的人，你知道要剪出一个人的影像，技术固然重要，更重要的是观察。"

剪影者从事剪影的行业已经有廿年了，一直过着流浪的生活，以前是在各地的观光区为观光客剪影，后来观光区也被照相师傅取代了，他只好从一个小镇到另一个小镇出卖自己的技艺。他的感慨不仅仅是生活的，而是"我走的地方愈多，看过的人愈多，我剪影的技术就日益成熟，捕捉住人最传神的面貌，可惜我的生意却一天不如一天，有时在南部乡下，一天还不到十个人上门"。

作为一个剪影者，他最大的兴趣是在观察。早先是对人的观察，后来生意清淡了，他开始揣摩自然，剪花鸟树木，剪山光水色。

"那不是和剪纸一样了吗？"我说。

"剪影本来就是剪纸的一种，不同的是剪纸务求精细，色彩繁多，是中国的写实画；剪影务求精简，只有黑白两色，就像是写意了。"

因为他夸说什么事物都可以剪影，我就请他剪一幅题名为"黑暗"的影子。

剪影者用黑纸和剪刀，剪了一个小小的上弦月和几粒闪耀的星星，他告诉我："本来，真正的黑暗是没有月亮和星星的，但是世间没有真正的黑暗，我们总可以在最角落的地方看到一线光明，如果没有光明，黑暗就不成其黑暗了。"

我离开剪影者的时候，不禁反复地回味他说过的话。因为有光明的对照，黑暗才显得可怕，如果真是没有光明，黑暗又有什么可怕呢？问题是，一个人处在最黑暗的时刻，如何还能保有对光明的一片向往。

现在这张名为"黑暗"的剪影正摆在我的书桌上，星月疏疏淡淡地埋在黑纸里，好像很不在意似的，"光明"也许正是如此，并未为某一个特定的对象照耀，而是每一个有心人都可以追求。

后来我有几次到公园去，想找那一位剪影的人，却再也没有他的踪迹了。我知道他在某一个角落里继续过着漂泊的生活，捕捉光明或黑暗的人所显现的神采，也许他早就忘记曾经剪过我的影子，这丝毫不重要，重要的是我们在一个悠闲的下午相遇，而他用廿年的流浪告诉我："世间没有真正的黑暗。"即使无人顾惜的剪影也是如此。

苹果落下的时候

你问我："你们那一代的父母到底是怎样教育你们的呢？"

你又问我："你们成长的背景又与我们有什么不同呢？"

这两个问题使我陷入了自己成长的思索，我从前也常想起父母如何教育我的问题，但我想不起一些固定的答案，自我有记忆以来，父母好像并没有给我特别的教育，他们只是让我自然地长大、自然地活在这个世界上，如果有什么可以说明我父母的教育，很简单地说就是爱的身教。与现代父母比较，他们的教育是有所不及，因为我是长在农村的孩子，那时的农村孩子只要不早夭，能安然长大已经很不容易了。

你要知道，我的父母是生长在中国最动乱的时代，他们出生在日据时代的台湾乡村，对他们而言，受正规的教育根本是一个奢侈而遥不可及的梦。那个时代到处都是文盲，我的父亲与母亲都接受到小学高等科的教育已经非常不易，在一个只希望有饭吃，能活命的时代，能认识几个字已经不错了，还谈什么教育呢？

读书算不算教育？

不过，"教育"这两个字不应只限于学校，我的父母，以及他们那一代的人虽然未能接受好的学校教育，但是他们都受过很好的生命与生活的教育，他们勇敢地活着，面对天地，与恶劣的环境搏斗，在贫苦中不失去追求生命的尊严，他们在无形中把这些"教"给我们，并且用他们从老一辈承传来的信心与理念来"育"我们长大。

记得在我父亲未过世的时候，我有一次和他谈到台北有些私人幼稚园一学期的学费要八万多元，我们都非常感叹，因为八万多元正好是我们农田一甲地整年的收成。现代的家长以八万元一学期把幼儿送去接受幼稚教育，正反映出两个重要的东西，一是大人的补偿作用，由于上一代甚至我们这一代没有受过好的幼稚教育，希望把它补偿在孩子身上。二是社会的落差，显见每一代的社会观都有很大的落差，父亲那一代所受的教导，我们这一代所受的教导，还有下一代所受的教导已经有很大的转变了。

许多前卫的教育家，都认为从前的教育已不适合现代的孩子，尤其是儿童，所以就引进规划了许多西方教育孩子的方法，这些基本上都没有什么不好，可是新的教育不应只在幼儿。我们想一想，一个孩子从每学期八万元的幼稚园读起，然后他进入小学就仿佛进入隧道一样，小学后进入中学，接下来就是残酷地狭隘地走上了以升学为唯一目的的胡同，那么，那些被强调是新的活的幼儿教育立刻就被消磨殆尽了，又有什么用处呢？

升学主义的教育，使现代的家长和孩子都只好心无旁骛，升学，使家长在家里不敢叫孩子做任何事，升学，也使孩子在家里什么事都不用做。孩子唯一的职责是"把书读好"，而读好书唯一的证据就是"考试得高分"，如果考试考坏了，表示书没有读好，则家长与子女都不快活，两者同时处在强大的压力里面。只要读好书什么事都不用做、不必操心的孩子，是不是算得到了好的教育呢？我认识许多大学生，读到大学了，不会煎荷包蛋、不曾洗过一只碗的女生比比皆是；而不会换电灯泡和修理保险丝的男生也比比皆是。这些"四体不勤、五谷不分"的"天之骄子"，他们得到了什么教育呢？

我是这样长大的

为了使孩子升学，我们几乎忽视了一切人格与生命的养成，在学校里，学生不要音乐课、美术课、体育课、公民与道德；在家里，孩子不用劳动、不必做家事、没有帮助父母的观念。他们只要安心准备联考要考的功课，只要会做选择题与是非题就好了，这样的教育光是想起来就多么令人忧心！

亲爱的亮亮，今天我不和你谈学校的教育，因为这方面你饱受其苦，外在环境也不可能改变，所以没有什么好说。今天我要与你谈的是家里的教育，让我来告诉你，我是怎么长大的，在只受了短短几年教育的父母调教下，我学到了哪些可珍贵的东西。

我父母教给我最宝贵的东西，第一就是劳作。

小时候我们的生活很辛苦，家里总共有几十口人，依靠祖先留下来的耕地（种水稻、香蕉、甘蔗、番薯，以及杂类水果），还有父亲手中买下的林场（种竹子、桃花新木、南洋杉、树薯、相思林），以及在土地上养鸡、鸭、牛、羊、猪作为副业。你可以想象那样的生活是多么忙碌。所有的小孩子刚会走路不久就要投入劳作，最轻微的劳作是采香蕉花、晒谷子、挖番薯、喂鸡鸭、生火等等。到我们读初中时就被当成大人看待，凡是大人会做的工作我们都要去做了，例如搓草、施肥、割稻、砍甘蔗等等。

虽然我们还是一样上课读书，但是田里的工作一样也不能少，农人认为唯有如此才能昂然生活在天地之间，我的父亲常说一句话："一天不种作，端饭碗时应知见笑。"意思是不工作只想吃饭是一种羞耻的行为，即使是孩子也不例外。

我来告诉你，我童年的第一个差事。那一年我六岁，有一天父亲在祖厅公开宣布我已经长得够大，从第二天开始养鸡与捡拾鸡蛋的工作由我接替哥哥，哥哥则被分到更艰难的工作。那时，我们家养了两千多只来亨鸡，数量不算多，工作却满艰辛的。我每天四点就被母亲叫起，摸黑起来搅拌饲料，提着大桶到养鸡场去，一边喂鸡、一边捡鸡蛋，通常工作完时天正好大亮，随便扒几口稀饭就赶去学校上学。放学时也要立刻赶回家，因为傍晚还要喂一次鸡。

使劳作成为习惯

喂鸡的工作是不分晴雨、没有休假的，以后所分配的工作都是如此，在很年幼时我们就把劳作当成是生活的一部分，由于劳作的习惯使我养成了负责的习惯，也养成了我的耐心与毅力。后来我读到禅宗的书籍，知道中国禅宗有"一日不作，一日不食"的家风，其实我们农村的孩子过的正是那样的生活。

我觉得现在的都市孩子，比不上农村孩子的手巧，并且普遍有懒惰之弊，就是不曾养成劳作与负责的生活态度。依照我这些年的观察，社会的成功者与失败者，只有一个简单的分界线，前者通常是勤快而勇于任事，后者则是取巧而不愿承担，所以，劳作是多么珍贵的教育呀！

我父母教给我第二个可宝贵的东西，就是惜福。

惜福，简单地说就是爱惜物力、人力。在这个世界上，我们衣食住行所需要的一切事物，都不是凭空落下的，即使只是一张纸，也是经过许多人的努力，经过许多时间的制造才到我的手上，如果我不好好使用它，发挥它的价值，就是糟蹋自己的福报了。

我们生长在农村，对于一切东西的使用都是小心翼翼，即使小到一个牛粪都要珍惜（因为，牛粪是生火的好材料呢！），更不用说其他的事物了。

事物需要珍惜，人就更需要珍惜了。小时候有两件记忆深刻的事，一是我们幼年时家乡有卖豆花的担子，一天，一个小贩不小心把豆花担子翻倒，豆花流了满地，我和几个哥哥在旁边拍手叫好，并唱一首流行的童谣："豆花车倒摊，一碗两角半！"正要下田工作的父亲看见豆花摊翻倒，什么话也没说，立刻跑过去帮那人捡碗收拾。收拾好后，我们不敢笑了，全都立正等待父亲，父亲很严肃地对我们说："不要嘲笑落难的人，想想看你如果是卖豆花的人呢？"那一天，我和哥哥们简直为自己人格的卑鄙而惭愧死了。

另一件是，幼时家乡有挑粪的人，每隔一星期会到家里的粪坑挑粪（那些粪是农田里最好的肥料），我们走在路上常会遇到挑粪者。每次遇到了，一定立刻闪避得远远的，把头转过一边，还用力捏着鼻子。有一次与父亲同行，自然流露出这样的动作，父亲并未当场训斥我，而是等挑粪者走远了，才对我说："每个人与工作都是应该尊重的，永远不要在挑粪的人面前转过头去。"我当时抗议说："可是真的很臭！"父亲说："你认为挑粪者不觉得臭吗？如果你觉得臭，只要闭气走过就好了，不要又扭头又捏鼻子。"

这两件事使我记忆深刻、受益无穷。

有尊重珍惜的心

亲爱的亮亮，现代社会没有挑粪和挑豆花的人了，但是还有许多生活困苦的人，做杂工的、洗衣服的、修马桶的等等，甚至你将来如果当主管，会有许多的部属。对这些人我们都应有尊重与珍惜的心，这样别人才会尊重珍惜我们。

许多我上一代和同辈的人，都发出了现代儿童、青少年不懂得惜福的感叹。他们糟蹋人、糟蹋东西（这糟蹋两字要用闽南语来念才好），实在是社会极严重的弊病。有些专家把这轻松地说成是"消费习惯的改变"、是"青少年消费层次的提高"，我最恨这些不负责任的鬼话，我深信：一个人若对困苦者轻贱、对东西浪费，他很难成长为一个健全的人格。

我父母亲教给我第三个可宝贵的东西，就是自尊。

我有时觉得现在的孩子太幸福了，他们从读幼稚园就开始比手表、比衣饰、比家里的车子、房子。但有时也觉得现代的孩子太无知无理，他们有很多读到中学了，还不确知父母亲的职业与收入，只知道一味与同学比较，如果父母亲不能满足他，他就觉得有伤面子，甚至回来怨恨父母亲。这就是不懂得自尊。

所谓的自尊，就是知道生活的真实，并在这真实中保有自我的尊严。

我到现在都很感激父母亲从幼年时代就让我们参加家里的生产活动，他们常对我们说明今年的收成，有时遇到可怕的虫害或风灾，也会带我们到田园去，看田园凋敝的惨状。当我看到水田的稻子全被大水淹没，蕉园的香蕉全被大风折腰时，心里真是伤心难过，每当看到灾情我就知道，那一年我的新卡其布制服，我的新球鞋都在大水大风里淹没了。我们童年时不是没有欲望，但一想到父母辛苦的工作，荒芜的田园，就把一切欲望硬生生吞下肚里，并在毫无奢求的生活中培养出一种贫贱不能移的自尊。

很小很小的时候，我就知道："人穷没有什么可耻，不知努力生活才是可耻的。"

作为父母，俭肠攝肚让孩子温饱是应该的，但是不应该自己做牛做马受尽折磨来满足孩子无尽的欲望，因为欲望是最容易使人软弱而丧失自尊的东西。

不失去人的尊严

反过来说，一个现代青少年应该认识父母真实的生活，在少年时代就知道生活的艰辛、人生有成有败，使我们与父母之间有真诚的对待，同时，日后我们遇到艰辛与失败的时刻也才能不失去人格的自尊。

我父母亲教给我的第四个可宝贵的东西，就是道德。

这可能是有点老调了，就是我如今想起来也为父母亲有那么强烈的道德观吃惊，他们虽未受什么教育，但却把礼义廉耻、忠孝仁爱、信义和平标为生活里追求的标准。在这一部分，我简直吃尽苦头，我的父亲在这方面是个格外严厉的人，我小时候常受体罚，都是为了不合父亲的道德标准。我小学时代曾为了在商店偷一罐糨糊，回家被打得半死，他说："我如果不让你牢牢记住这一罐糨糊，将来你出社会就会被看成浆糊了。"

我小时候很少受到父母的赞赏，因为我父亲认为，如果只有一丁点合乎道德标准的事就大加赞扬，孩子就会对道德的期望太低，日后就会成为德行平庸之辈。只有在发现难能可贵的道德事实才加以赞扬，孩子才有可能成为道德高超的人。可惜我小时从未有什么可贵的道德事实，可是我很感激父母把道德期望当成是重要的事来教育我。

在现代社会，道德虽被看成是落伍的东西，不过，像良知、正义、

大爱、同情是永远不会过时的,而这些基本的力量正是来自道德的人格。

亲爱的亮亮,生在你们这个时代是多么幸运,道德的压力被解除了不少,父母的赞赏也逐渐取代了处罚。然而作为现代人也不应该完全不要道德,我认为,一个人的胸襟和志气都是来自道德人格的追求,小时候没有道德的人格,长大而有胸襟志气者,未之闻也。

当然,我父母给我的教育还有许多可贵的部分,我只提出劳作、惜福、自尊、道德四项,就可以知道上一代的教育,这于我不是特例,我们这一代的人普遍地都接受了这样的身教。

不过,亮亮,我要告诉你一件事,我们不必太相信伟人的童年,牛顿被苹果打中发现地心引力、司马光打破水缸、爱迪生孵鸡蛋、华盛顿砍樱桃树、孔融让梨等等,都是他们成功以后,童年事物才变得有意义,如果他们不成功,童年就没什么特别了。

每一个人活在世上都有意义

伟人的童年、青少年时代只对伟人有意义,我们的童年、青少年时代则对我们有意义,只要我们珍惜就可以创造其价值。每一个人活在这个世界都有意义,发明十字螺丝的人与发明电脑者一样伟大,发明抽水马桶的人与发明太空船的人一样杰出。我们不是杰出的人没有什么要紧,只要有健全的人生态度就好了。

我有一个朋友是大公司的主管,有一天在十几层高的办公室加班,看见隔着透明玻璃窗为他擦玻璃的竟是小学的同学,两人相见又不能对话,感叹良深,他说:"我那时才知道玻璃窗那么明亮,原来是小学同学每星期用生命危险换来的。"只要有劳作、有自尊地活着,擦玻璃的工作也是值得我们尊敬与感恩的。

在不以升学为教育目的之年代,即使没有受学校教育的人也可以坦然活着。但是，在把升学当成唯一追求目标的今天，没有考上学校的人就仿佛被社会遗弃，甚至被社会、父母、自我都看成无用的人；而那些成绩好的也为了升学，忽视了人格养成的教育……这些深思起来是十分可悲的。

我想，特别是在升学主义的这个时代，人格的养成教育就格外重要，如何使不能升学的孩子可以肯定自我的价值，使顺利升学的青年不否定别人的意义，都是整个社会要努力学习的事物。

牛顿坐在苹果树下被打中，而发现了地心引力，这当然是了不起的发现，问题是，苹果树是谁种的？种苹果树的人不也很了不起吗？

亮亮，但愿我们都能永远学习，永远接受教育，时代虽然不同了，在追求自我教育这一点上，是永远不会改变的。

永远有利息在人间

从前读陈之藩先生的《在春风里》，里面附了一封胡适之先生写给他的信，有这样的几句："我借出的钱，从来不盼望收回，因为我知道我借出的钱总是'一本万利'，永远有利息在人间。"

我读到这段话时掩卷长叹，那时我只是十八岁的青年，却禁不住为胡先生这样简单的话而深深地动容，心里的感觉就像陈之藩先生后来的补记一样："我每读此信时，并不落泪，而是自己想洗个澡，我感觉自己污浊，因为我从来没有过这样澄明的见解与这样广阔的心胸。"

胡先生因此对待朋友"柔和如水，温如春光"，也因为他的澄明，"他能感觉到人类最需要的是博爱与自由，最不能忍受的是欺凌与迫害，最理想的是如行云在天，如流水在地，自由自在的生活"。

我想，在这个世界上能把私利看淡到这样的境界，确实是很不容易的事，胡先生的生平事迹很多，但最感动我的就是这一句"永远有利息在人间"。从佛教的观点来看，这是一种布施的菩萨行，也是佛徒所行的六波罗蜜的首要。

世尊在《大般涅槃经》曾如此开示："菩萨摩诃萨，行布施时，于诸众生，慈心平等，犹如子想。又行施时，于诸众生，起悲愍心；譬如父母，瞻视病子。行施之时，其心欢喜；犹如父母，见子病愈。既施之后，其心放舍，犹如父母，见子长大，能自在活。"

不同的是，胡先生是借给朋友和晚辈，不盼望收回，而佛菩萨所行的则不分亲疏普及于众生，在根本上也没有盼望或不盼望的问题。而且胡先生借出去后知道有利息在人间，佛菩萨根本不知利息，忘记利息，是"惠施众生，不自为己"，是"惠施求灭，不求生天"，是"解脱惠施，不望其报"，在境界上是究竟的超越了。

一个人活在这个世界上，大致可以分成三种境界：一是提不起，放不下。二是提得起，放不下。三是提得起，放得下。一般人是提不起，放不下，像我有一个朋友从不借钱给人，问他原因，他说："为了免得将来低声下气地向人要债，干脆不借算了。"这是第一种人。第二种是争名夺利之辈，攒了一大堆钱，可是看到人贫病忧苦，眉头也不皱一下，到最后两手一松，留下一大堆钱反而养出一堆无用的子孙。

胡适先生则接近于第三种人，只有这一种人才能昭如日月，平淡坦然，不为人间的几个利息而记挂忧心，人生才能自在。

若有人问：那么，佛的施舍是什么境界？

《华严经》里说到十种净施，是众生平等的布施，是随意的布施，是积极的布施，是有求必应的布施，是不求果报的布施，是心无挂碍的布施，是内外清净的布施，是远离有为无为的布施，是舍身护道的布施，以及施受财三者清净如虚空的布施。

到了这种境界，利息就不是在人间，也不是在天上，而是自在圆满，布满虚空了。

第二辑

改变世界的心

柔软心是我们在俗世中生活，还能时时感知自我清明的泉源。

清净之莲

偶尔在人行道上散步，忽然看到从街道延伸出去，在极远极远的地方，一轮夕阳正挂在街的尽头，这时我会想：如此美丽的夕阳实在是预示了一天即将落幕。

偶尔在某一条路上，见到木棉花叶落尽的枯枝，深褐色地孤独地站在街边，有一种萧素的姿势，这时我会想：木棉又落了，人生看美丽木棉花的开放能有几回呢？

偶尔在路旁的咖啡座，看绿灯亮起，一位衣着素朴的老妇，牵着衣饰绚如春花的小孙女，匆匆地横过马路，这时我会想：那年老的老妇曾经是花一般美丽的少女，而那少女则有一天会成为牵着孙女的老妇。

偶尔在路上的行人陆桥站住，俯视着在陆桥下川流不息、往四面八方奔窜的车流，却感觉那样的奔驰仿佛是一个静止的画面，这时我会想：到底哪里是起点？而何处才是终站呢？

偶尔回到家里，打开水龙头要洗手，看到喷涌而出的清水，急促地流淌，突然使我站在那里，有了深深的颤动，这时我想着：水龙头流出来的好像不是水，而是时间、心情，或者是一种思绪。

　　偶尔在乡间小道上，发现了一株被人遗忘的蝴蝶花，形状像极了凤凰花，却比凤凰花更典雅，我倾身闻着花香的时候，一朵蝴蝶花突然飘落下来，让我大吃一惊，这时我会想：这花是蝴蝶的幻影，或者蝴蝶是花的前身呢？

　　偶尔在静寂的夜里，听到邻人饲养的猫在屋顶上为情欲追逐，互相惨烈的嘶叫，让人的寒毛全部为之竖立，这时我会想：动物的情欲是如此的粗糙，但如果我们站在比较细腻的高点来回观人类，人不也是那样粗糙的动物吗？

　　偶尔在山中的小池塘里，见到一朵红色的睡莲，从泥沼的浅地中昂然抽出，开出了一句美丽的音符，仿佛无视于外围的染着，这时我会想：呀！呀！究竟要怎么样的历练，我们才能像这一朵清净之莲呢？

　　偶尔……

偶尔我们也是和别人相同地生活着，可是我们让自己的心平静如无波之湖，我们就能以明朗清澈的心情来照见这个无边的复杂的世界，在一切的优美、败坏、清明、污浊之中都找到智慧。我们如果是有智慧的人，一切烦恼都会带来觉悟，而一切小事都能使我们感知它的意义与价值。

　　在人间寻求智慧也不是那样难的，最要紧的是，使我们自己有柔软的心，柔软到我们看到一朵花中的一片花瓣落下，都使我们动容颤抖，知悉它的意义。

　　唯其柔软，我们才能敏感；唯其柔软，我们才能包容；唯其柔软，我们才能精致；也唯其柔软，我们才能超拔自我，在受伤的时候甚至能包容我们的伤口。

　　柔软心是大悲心的芽苗，柔软心也是菩提心的种子，柔软心是我们在俗世中生活，还能时时感知自我清明的泉源。

　　那最美的花瓣是柔软的，那最绿的草原是柔软的，那最广大的海是柔软的，那无边的天空是柔软的，那在天空自在飞翔的云，最是柔软！

　　我们心的柔软，可以比花瓣更美，比草原更绿，比海洋更广，比天空更无边，比云还要自在。柔软是最有力量，也是最恒常的。

　　且让我们在卑湿污泥的人间，开出柔软清净的智慧之莲吧！

柔软心

○
○
○

　　经常有人问我："学佛的人最重要的是要做什么？可不可以用最简单的话让大家了解佛教？"其实，这个问题佛陀在很早以前就已经说过，他说："诸恶莫做，众善奉行，自净其意，是诸佛教。"这四句话将佛教的要义做了最简单、最明白的描述。我把大乘佛法的精神也化为简单的三句话，就是："自净其意，利他和乐，慈悲智慧。"我的答案并没有脱离佛陀的原意，只更强调佛教入世精神。在这三句话中，最重要的慈悲和智慧，也就是佛经常常讲的般若和菩提。因为只有真正慈悲的人才可以众善奉行，利他和乐，也只有真正智慧的人，才可以诸恶莫做，自净其意。

　　我们生活在这世界上的人，之所以还不能断除一切恶事，是由于还没有真实的智慧，我们之所以还没彻底实现一切善行，是由于还没有得到真实的慈悲。因此，我们可以说，佛教最重要的宝贝就是慈悲和智慧，尤其是在大乘的教化里，离开了慈悲和智慧，大乘佛教就一无所有。从前我写过的文章里，几乎每篇都在谈慈悲和智慧。有一个读者曾告诉我，他算过我的一本书里，光是慈悲和智慧这四个字就出现了一百多次，他觉得我有点唠叨，老是在谈论同样的问题，我告诉他："这不是唠叨，这叫做老婆心切。"老婆心切是禅宗里的一句话，就好像你每天回到家里，太太、妈妈、祖母所讲的话一样，也许她们十年来所讲的话都一成不变，可是的确是重要的东西。

真实的慈悲弥足珍贵

我记得从小开始，每次我要出门时，妈妈一定会说："小心点！"后来，我开车了，出门她一定不忘说："开车要小心点！"我也每次都说："知道了。"今年过年，我回家探望妈妈，我在高中任教的哥哥说，他每天要到学校上课时，妈妈都会叮咛他："开车要小心点。"后来，他们两人就变得很有默契，每次他临出门，说完："妈，我要去上课了。"不到一秒钟，母子两人就会不约而同地说："开车要小心点。"

我还有一个弟弟在报社当记者，他每天要去上班时，我妈妈也会嘱咐他："开车要小心！"这就是"老婆心切"，同样的一句话为什么要一再重复，一再提醒？因为这是很重要的事情。

我们看大乘的佛经，每一部都告诉我们要有慈悲心，要有智慧，要戒定慧，要闻思修等等，为什么要一再重复呢？就是"老婆心切"，禅宗常常讲到"婆心"，也就是"老婆心切"的简称，一个人学佛有点心得时，就会变成老太婆一样的心情，看到别人都讲同样的话，就像妈妈一样，每天都要说："开车要小心点。"

回过头来说，"慈悲智慧"这四个字真的非常重要，如果慈悲和智慧无法开启的话，学佛就有点白学了。当我讲到这四个字时，常想起妈妈叮咛的神情，也想到在这个世界上，最重要的东西莫过于生命，如果我们开车时，不小心丧了命，那就什么事也不用再谈了，同样的，如果一个佛教徒失去了悲和智，那么也别谈什么佛法了。因为失去了悲和智，就如同一个人失去生命，没有了下一步。

最近一两年，我经常感到很惶恐，那就是我在讲慈悲和智慧时，无法真实呈现它的面貌，所以自己在讲的时候感觉空空荡荡，别人听来也觉得不能落实，好像是老生常谈。听久了失去新鲜，慈悲和智慧就失去它的意义，就像妈妈告诉你："出门要小心。"你听了也就算了，开起车来照样横冲直撞，有时候撞得头破血流，才知道原来妈妈讲的话是从生命的体验得到的。慈悲和智慧也是如此，虽然讲来平常，却是至关重要。

记得六七年前，我还在报社服务，那时候年轻，喜欢耍帅，就买了一部雷诺橘红色滚金边的跑车，当时那部跑车在台湾可说是独一无二。我每天开着快车到处乱跑。有一天，到乡下吃尾牙，带着酒意开车要回台北，由于酒醉又车速太快，很不幸撞倒路边两棵行道树，自己也撞得头破血流，下了车，我看到倒下的路树上面挂了一个牌子："此处车祸多，驾驶请小心。"当时，我心底非常懊恼，也想到从前开车经过此地常常看到这个牌子，却没有特别感觉，等到撞车后才知道，原来这个牌子非常重要。

所以，当我们在面临生命的困境、挫折、打击时，才知道智慧和慈悲的重要。也只有在学佛有点心得，并且在生命里受到很多愚蠢的折磨和刚强的教训，才知道它不是空话，而是非常真实。然而，对于一个刚开始起步学习佛道的人来说，慈悲和智慧却是非常难理解的，为什么呢？其中有两个原因，第一，因为慈悲和智慧在外表难以检查，第二，慈悲和智慧在内心难以验证。

为什么外表上难以检查呢？举个例子，宋朝诗人苏东坡是一个虔诚的佛教徒，他有一个爱妾受到他的感化，也成为佛教徒，这个妾非常喜

欢放生，也因此得到慈悲的名声。有一天，她又出外去放了很多生灵，累了一天回到家里，看到院子有一群蚂蚁正在吞噬掉落地上的糖，这个妾毫不犹豫地一脚举起将所有的蚂蚁全部踩死。苏东坡在一旁正好看见了，就对她说："你这样放生有什么用？你的心里根本没有生命和慈悲的观念。"他因此非常感叹说："真实的慈悲是非常困难的，在外表上难以检查。"也就是说，从外表上很难看出一个人是否慈悲，假定一个人乐捐一百万元，是不是就表示他很慈悲呢？不一定的。对家产上亿的人而言，布施一百万元就如同我们捐一百块是一样的，如果一个人只有一百块，却布施八十块，那么，他的慈悲比那些布施一百万元的富翁还要高超，我们在生活中经常看到这种例子。

有一次，我在忠孝东路统领百货公司前，看到有一个师父站在那里化缘，路过的人有的给他钱，有的没给，由于天气太热，这个师父站得满身大汗。我看到一个孩子手上拿着半杯汽水，他看到师父满头汗，便走到师父面前，将剩下的半杯汽水递给他，师父接过汽水后，并没有喝，继续托钵，那个孩子扯着他说："师父啊，你喝呀，你喝呀！"结果师父非常尴尬地一面托钵，一面喝着汽水。我看到这一幕很感动，因为这个孩子很慈悲，他的手里只有半杯汽水，在炎热的天气下，仍将汽水布施给师父，这便是真实的慈悲。

我们经常看到港片里有许多打打杀杀的英雄，这种影片里有一种公式化的角色，就是黑社会的头子，他们在表面上都是大慈善家，经常布施，得到慈悲的名声，可是，暗地里，却都在贩卖毒品，杀人放火，无所不为。这使我们知道一个小儿真实的慈悲比起虚伪的外表看来很大的慈悲，还要珍贵得多。

慈悲不仅在外表上难以检查，连自己内心的慈悲都难以检验。譬如有时候我们检讨自己当天做了哪些好事时，可能想到当天买了一串玉兰花，卖玉兰花的妇人回家可以买一杯汽水给她儿子喝，或者是在街上给乞丐十块钱，供养师父一百块，想来自己好像满慈悲，其实，这些行为并不全然是慈悲，有的只是一种习惯，或者同情、施舍。这样的慈悲还比不上你在路上顺手捡起一根香蕉皮，以防有人滑倒；也不如你搬开一粒大石头，以免别人跌倒。

作为一个佛弟子，我们每天都要自问："我是不是够慈悲？"而像我自己也没有肯定的答案，但是我们可以确定的一点是：如果有一个人天天说："我已经够慈悲了，我真的很慈悲。"那么他的慈悲一定不够。我们应该常常问："我是不是够慈悲？"答案是："不够，我还要更慈悲一点。"

真正的智慧是无法看出来的

所谓智慧也和慈悲一样，在外表和内心都难以检查，智慧在"佛教"中称为般若，就是微妙、玄妙、奥妙的智慧，也可以说是三昧或伟大的空性。佛经里有一句话很有意思叫："迦叶三昧，迦叶不知，阿难三昧，阿难不知。"迦叶尊者证得三昧时，他自己并不以为是最高境界，阿难尊者证得三昧时，也不以为自己已经证得了三昧。

佛教里曾经讲过一个故事，从前有个修行人叫阿难，他的修行非常精进，有一天他从中国北方到南方的普陀山去朝观世音菩萨，走到半路遇到另外两个也要去朝圣的师父，三个人就结伴往普陀山的路上走，走到半路不慎误入沙漠，三个人又渴、又饿、又累，其中一个人对另外一个人说："听说在某座山有个修行者叫阿难，修行很好，只要至心向他祈请，就可以有饭吃，我们现在坐下来开始专心念他的名字。"两人专心地一直念，果然涌现饭和水，就开始吃。阿难在旁边看了很奇怪，就问："为什么你们有饭吃，有水喝？"他们说："我们祈求一位伟大的修行者得到的饭。"阿难问："这位伟大的修行者住在哪座山？"他们说住在某某山。阿难一听，那不是我住的山吗？就问他们："那位修行者叫什么名字？"他们说："叫阿难。"阿难一听，那不是我吗？为什么他们念我的名字有饭吃，我自己却没有。其他两人便劝阿难念自己的名字，他就坐下来专心念自己的名字，果然有水可喝，有饭菜可吃。

读到这个故事真令人感动，阿难已经修行很好了，可是他从来都不觉得自己很好，还向自己祈求。我们在庙里常看到观世音菩萨的塑像，有的塑像脖子上还戴着念珠，或者手上拿着念珠。有一次，苏东坡和佛印和尚走到一座庙里，看到观世音菩萨手里拿着一串念珠，他就问佛印和尚说："观世音已经是菩萨了，手上为何还拿着念珠？"佛印回答说："他在念菩萨。"苏东坡又问："他在念哪一个菩萨？"佛印说："他在念观世音菩萨。"苏东坡不解地问："他自己是观音菩萨，为什么还要念自己的名字？"佛印说："求人不如求己呀！"这个故事也告诉我们般若、空性、三昧这些东西都非常难以检验。

禅宗里有一个很重要的东西，就是师父的印可，譬如说一个人已经悟道了，却不知道自己是否真实的悟道，这时候就要去行脚，参访善知识，参访有时为了参访一个好老师，有时为了寻找一个得道的印可，为什么要印可，因为只有别人才能清楚看到你的般若、空性、三昧。所以大家不必怀疑自己是否有智慧、空性、三昧，不必经常想这些问题，因为这些答案不是思索可以得到的，只要努力修行就够了。

智慧不仅是内在难以检验，从外表上，我们也看不出这个世界上谁最有智慧。常常有人跑来告诉我："林清玄，从你的书看来，你实在是一个有智慧的人。"我听了很惭愧，回家后想到几个问题，第一，我的智慧还不够，不然别人怎么会那样轻易看出我的智慧，如果智慧很高的话，别人就看不出来。像南泉普愿禅师有一次到一个村庄去访问，走到村庄入口时，村长带了很多居民出来迎接，普愿禅师深感奇怪说："我要到哪里，从来不曾告诉过别人，你们怎么知道我要来，还出来迎接？"

村长说："因为昨晚土地公托梦给我，说你今天要来我们村庄，所以我特地出来迎接。"普愿禅师听了长叹一声："哎，我的修行还不够，要不然怎么会被鬼神看见！"所以，当别人赞叹我们有智慧时，不要太高兴，别人能够轻易看出我们的智慧，表示我们的修行还不够。

我想到的第二个问题是：赞叹我有智慧的人一定比我还有智慧，不然怎能看出我的智慧？前几天，台中有一位姓许的居士听到我演讲的录音带非常感动，一天早上，他六点就起床，发愿当天一定要见到我，于是从台中坐车上了台北，那时我住在桥仔头乡下，他找不到我，就跑到九歌出版社去问，出版社的人也不知道我在哪里。他便又跑到《福报》去问，后来《福报》的人告诉他我在乡下，他跟我通过电话后，便开着车到乡下来看我。他为什么要来看我呢？因为他从我的文章中感觉出我很穷困，他热情地对我说："林清玄，你有什么需要就打电话给我，你需不需要房子、汽车？"我说："不需要。"他说："我刚才在外面看到你的汽车很旧了，我买一部新的给你。"我听了很感动，可是我觉得有旧车开也不错。为什么他觉得我需要这些东西？因为他很有钱，所以看出了我的穷困，若是一个人比我穷困，就会看出我很有钱。同样的道理，如果有一个人告诉你："你怎么那样有智慧？"正表示他比你有智慧，不然怎可评断你呢？

第三个问题是：这个世界上许多人都很有智慧，可是他们却没有说出来让别人知道，不像我们有一点点的领悟和开启就想告诉别人，所以，当别人赞叹我们时，要怀着惭愧的心。

我想到的第四个问题是：我要学习阿难和尚的精神，不要让别人看出自己有何特殊，这才是真正的智慧，因为真正的智慧是一种空性，无法看出来的。

回想一下，我们经常讲慈悲和智慧，可是二者却很难检验，不仅凡夫如此，即使修行很高的师父，也很难检验自己的慈悲和智慧。我举一个例子，从前在西藏有一个高僧，大家都公认他的修行很好，这个高僧也是庙里的住持。有一天，他听到有一位大施主要到庙里来布施，心里非常高兴，想着大施主一来，一定会捐很多钱，他便可以将残破不堪的庙重建一番。为了给这位大施主良好的印象，他率领着庙里的师父刻意将环境打扫整洁。当打扫工作快结束时，这位高僧突然想起自己的动机，顿时非常惭愧，便抓起几把扫好的灰往庙里撒过去，然后走出了庙。

这个故事非常有启发性，即使像这样一位大家公认的高僧，也是到快打扫完时，才检验到自己的空性受到污染，何况是凡夫？所以，我常常在思考一个问题，就是对于一个修行或者学佛的人而言，有什么简单的方法可以用来验证自己的慈悲和智慧？同时要如何在自我反省中，开发智慧和慈悲？我自己认为有一个很简单的原则，那也就是我今天所要讲的题目：《柔软心》。

广大的心可以改变世界

一个人的心如果不够柔软，就无法检验自己的慈悲和智慧，反之，则可以检验内在和外在的东西。谈到柔软，大家的脑海里立刻会浮现很多事物，诸如莲花和剑兰的花瓣、天上的云、地上的草。柔软的东西会随着外面世界的舞动而动。若是刚强的话，便无法感受外面的风吹草动。

禅宗有一个故事：有一次，六祖慧能听到两个和尚在辩论，这两个和尚看到寺庙里的旗子在动，一个说："那是风动。"另一个说："那是幡动。"慧能说："不是风动，也不是幡动，而是仁者心动。"当他讲这句话时，正巧被一位在台上讲经的师父听到，立刻下台来请他上台去讲经。为什么不是风动，也不是幡动，而是仁者心动？风和幡都很柔软，但是有一个东西比这两样东西还柔软，那就是各位的心。心若是非常柔软的话，就可以简单地检视风和旗子的动，若是刚强的话，风动就是风动，旗动就是旗动，感受不出风向，所以心的柔软是很重要的，它可以用来检验慈悲的风和智慧的旗。

接下来的问题是：如何使心柔软，或开启柔软心？我自己归纳出几点开启柔软心的方法，第一从心的广大来开启。经典或佛菩萨的说法告诉我们："心可以包容十方三世。"三世是无始劫以来的过去世、现在世和未来世。也就是说，广大的时空观点可以开启一个人的柔软心，最广大的时空观点是什么呢？我们知道当今的科学家已经研究出五度空间，分别是深度、广度、表度、时间的空间、心的空间。如果一个人能够将这五度空间全部开启，就能有柔软的观点来看待这个世界。

一切的事物都可以用五度空间的观点来看，譬如天空又深、又广、又表、又长久，并且可以和我们的心互动，大地和人也是一样。可是为什么有的人只有两度或三度空间，只能看到深、广和短暂的时间，无法开展时空的广度。

这个世界上有很多众生也无法知道五度空间，譬如蚂蚁只知道前进后退、左右两个空间，它无法抬头看天上，也无法离开地平线，所以它眼睛里只有两度空间。还有一种生长在稻梗里的虫叫岷虫，这种虫只有一度空间，因为它在一辈子里从来没有离开过稻梗。像我很同情百货公司里的电梯服务员，虽然电梯在移动，可是她们整天都在电梯里，所以空间并没有改变。

因此，扩展心的广度对于心的柔软是有帮助的，而这一点是可以锻炼的，譬如当我们遇到事情时，若能退后一步，就能看到比较大的空间，如果我们往前看，便只能看到小空间。同时，要常常在静处看，在人潮中，若自己的心是安静的，便能做很好的观照，另外，还要从远处看。我常常说两句话："捕鱼的渔夫是看不见海的，追鹿的猎师是看不见山的。"一个人要去捕鱼时，想的是鱼、捕的是鱼，没有心情抬起头来欣赏海上的风光。同样的，猎人每天在心里追杀鹿，心里装不下整座山，为什么？

因为他们往往从小处、近处、动处来看，便无法柔软广大地来看这个世界。我们在生活中常常碰到一个问题，某些人被情侣抛弃后，会心存"我要死给他看，好让他痛苦一辈子"。然后就真的去自杀了，有的人从高楼跳下来，摔断了两条腿没有死，有的喝了农药，胃肠都烂掉了，仍被救活了。这样做不但没让对方痛苦，自己反而痛苦一辈子，因为他们都从小处、近处看，被外境所转动。我常常劝这样的人说："这样做不会使对方痛苦一辈子，因为你的痛苦是控制在你的手里，而别人的痛苦是由别人所主宰的，很可能你死了，他一个星期就复原，或者很高兴摆脱一个包袱，那么，你的死便完全没有意义。"由于我们的心不够广大，所以看不到事实，若能退后一步来看，也许会想："幸好被这种人抛弃，以后我就能嫁娶更好的对象。"如此一想，天地便豁然开朗，心也变得柔软起来，可以包容伤害。

另外一个使心广大的方法是：对业、因缘、因果有一个好的看待。对于佛教徒而言，最严重的问题便是业无法超越，以及因缘、因果无法改变。我自己有时候在夜晚想到这个世界的业、因缘、因果，想得都会流泪，当我们看到这个世界上所有的人都在受苦、忧伤、挣扎、受困于业报时，会使我们不由得流下眼泪，佛教里说这种战栗为"身毛皆竖"。为什么呢？因为业是无法改变的。《地藏经》告诉我们："骨肉至亲，不能代受。"它是说地狱里每个人都很苦，即使在那里碰到爸爸妈妈，虽然有心承担他们的业，却不能如愿。《地藏经》又说："骨肉至亲，无肯代受。"读到这里真令人感慨，如果"骨肉至亲，不能代受。""骨肉至亲，无肯代受。"那么，我这么努力修行、清净自我，又有何用？这样一来，便使我们陷入业、因缘的困境，业和因缘的困境不仅是我们自我的，也是众生共同的困境。每当我陷入悲观时，就会不由自主地观照禅宗的公案。因为经典里告诉我们："骨肉至亲，无肯代受。"可是禅宗里却提到有一个徒弟说："我有业的束缚，该怎么办？"师父说："你把业拿出来给我看看。"结果徒弟拿不出来，也就豁然开朗。禅告诉我们，在自性的光明里，业是了不可得的，人人都有光明的自性，人人的业也都可以了不可得。就这样一念之间，便可以让我们扫掉业和因缘的困境。

然而，这里面却又充满了矛盾，这种矛盾有时候是很难解的，经典把业讲得那么严肃，不能解脱："众生举止动念无不是业，无不是罪。"而禅宗却说不管有多少业"慧日一出，黑业立尽"。到底哪一个才是对的呢？

于是，我们便会思考起一个问题，那便是每个人的一生都很渺小，宛如一粒沙子，佛陀也说过一个人就像恒河边的一粒沙子那般渺小。从业的观点来看，每一粒沙子都是独立存在，和别的沙子毫无关系，所以，沙子只有自我清净的能力，无法去清洗旁边的沙子，也就是说，我们虽然很想度化爸爸妈妈、哥哥姊姊，可是我们没有能力去清洗他们，除非他们清洗自己。即使是最邻近的那一粒沙子，要清洗它都是不可能的，这就是业和因缘的观点，也是"骨肉至亲，不能代受"的观点，从这种观点，很可能发展出一种观念，那就是当我们打开报纸或电视，看到一个人将另一个人全身捅得像蜂窝时，有些佛教徒就会说："这都是业啊！是他前辈子欠他的，才会被杀掉。"每当我听到这种说法，忍不住会"身毛皆竖"，真的都是业吗？如果我们的观点只局限于业，因缘都只能累积，不能转化，那么就会产生一个很严重的问题，也就是使我们失去对被伤害者的悲悯，以及失去对伤害者的斥责。如此一来，我们不但失去悲悯心，同时也失去对恶质东西的反抗、失去了良知和正义感。

在一个有柔软心的人看来，世界上所存在的每一件恶事，不应该由当事人来承担，而是整个社会要相对地来承担负责，只有如此，真实的正义才可以抬头，全体的道德才有落脚的地方，人间净土才有实践的可能。

学佛的人每天念"南无阿弥陀佛"，希望能到西方净土去投生，其实，西方净土的人并非完全清净才去往生，如果说，西方净土要完全清净的人才能去往生，那我们就很难到极乐世界去，因为我们都不是完全清净的人，应该是一个众生背负着他的罪业投生到清净的环境里，他就自然清净起来，所以，无论什么样的众生，到了西方净土，都可以纯净起来。因此，这个世界上一切众生的痛苦，不可以因从前所造罪业而活该当受。修行的人不应该有一丝一毫"活该"的念头，如此才能使自己的心广大而柔软起来。显然的，这个世界上每一个人都在受业报的纠缠，但是不应该人人都是活该的，我们虽然无法解开众生的业、因缘、因果，但是在观察事物时，不应该只看到一粒沙，而要看到整条河流，我想佛陀最伟大的地方是：他看到整条恒河，而不只是恒河边的一粒沙，这也是菩萨道安顿的基础。

为什么有菩萨道，而菩萨道还可以安顿？就是因为菩萨在看罪业、因缘、因果时，不只看到一粒沙，而是看到整条河岸的沙。看到了整条河岸的沙，虽然会使自己觉得渺小，却不是完全无助的，而且很显然，一粒沙是生命中无可改变的困局，然而，当我们看到生命的苦楚时，不应该只看到一粒沙，而是看到整条河岸。佛陀看到人会生、老、病、死，他不只是看到一个人而产生悲悯，他看到的是每一个人都会生、老、病、死、爱别离、怨憎会……也就是所有众生所面临的共同困境。如此的想法，就使我们有了广大的观点，也使我们有了一个非常柔软的心来包容这个世界，这种包容使我们骨肉至亲可以代受，还肯代受，不仅如此，即使是有缘无缘的一切众生，我们都愿意去承受他的罪业和苦楚，这样的修行才是广大有意义的。透过良好的角度来观照业、因缘、因果，就可以使我们看到这个世界美好的一面、菩萨的悲心，以及世界之所以如此困顿、遗憾，无非要锻炼我们，使我们充满悲心和柔软。这么一来，我们也不会受到业和因缘的局限。

业、因缘、因果都是佛教里非常坚强的东西，而菩萨道的修行就是要告诉我们，一个人的心量如果广大的话，就可以改变这个世界、宇宙和人生，唯有这个观点成立，佛经里记载的菩萨才有落脚的地方。观世音菩萨可以改变我们的业，文殊师利菩萨可以改变我们的智慧，地藏王菩萨可以承担我们的罪业，这些在经典里都记载得很清楚。从这个观点来看，我们便突破业和因缘的困境，进入菩萨的柔软心。

经常培养心的慈悲

第二个锻炼柔软心的方法便是从心的慈悲做起，今年过年，我从台北要回去故乡高雄旗山，我在小港机场下机，搭了一部计程车，这个计程车司机非常热心，开到半路对我说："我带你去看歌星王默君和龙眼被撞死的现场，好不好？"没待我回答，他就说："已经到了。"他指着马路旁一块空地说："这里就是她们撞死的地方。"这个司机是车祸的目击者，他告诉我王默君的凄惨死状以及现场的情形，听他一讲，我的眼泪就流下来，像这么善良、美丽、前途有为、长得一副菩萨相的少女，为什么会遭遇到这样的恶报呢？想到生命的无常，真令人痛心。

接着我们开上高速公路，这个计程车司机又热心地说："你要不要去看昨天有两个警察在高速公路上被匪徒枪杀的现场？"他还特别停靠在路肩说："就是在这里，子弹从警察的脖子穿过去，死得很惨。"上车后，司机一面开一面说："那个被打死的警察是你们旗山人呢！"我回家后，听我哥哥说起，那个警察不但是旗山人，还跟我们住在同一条街上，我的亲朋好友当中，很多人都认识这个警察，大家告诉我那个警察多么乖巧，而且才新婚几个月，最悲惨的是他的太太已经有了身孕。听到这种事情，我们只能流泪。

如果我们看到这样的事件都说它是业、业报、因果，又怎么当菩萨呢？菩萨是一种悲情，也就是悲悯之情。当我看到王默君身死的现场，过完年又在电视上看到她唱歌，不由得有一种深刻的感受，心想这么一个美丽、清纯、像菩萨的少女，她原本就是菩萨来示现。她给我们什么样的示现呢？第一是无常，我们不知道自己的下一秒钟在哪里。所以佛陀常说："人命在呼吸之间，出息不还，即是后世。"这样的菩萨用最悲惨的状况来向我们示现无常，让看到她死的众生觉悟，赶快修行，免得有一天无常突然到来就来不及了。第二个示现是：菩萨不一定用什么面目在这个世界上出现，他不一定坐在前面让人拜，也不一定有很庄严的样子。所以，《维摩诘经》告诉我们："菩萨通达佛道。故行于非道。"也可以说："菩萨行于非道，故通达佛道。"菩萨用一种奇怪的、扭曲的、特别的现象来教化我们，告诉我们人生、无常、觉悟就是这个样子，所以要努力精进地修行。从这个角度来看，我将这些善良的罹难者都视为菩萨的示现，而不把他看成只是业和因果的报应。就像那个警察的死，使我居住的小镇居民都感受到无常的可怕和可畏。

所以，作为一个修行人和佛的弟子，要常常培养心的慈悲，并用良好的态度来面对这个世界上所发生悲苦的事情。很多人告诉我："你们修行的人最无情，要丢下父母、妻儿，或者离开这个世界，自己去求解脱。"修行的人从外表看起来是无情的，其实这不是无情，而是至情。真实的至情是从愿力、智慧和慈悲所产生。能够这样想，我们又怎么知道王默君小姐从前不是一个菩萨呢？她也许发愿要来向众生示现无常，以及无常是苦。这样的想法对我们有非常大的启发，使我们产生真实的慈悲，一想到人生苦处就有酸楚的感觉，这种感觉使我们的心变得宁静，纵使有些凄凉，却是那样透明、清净、没有受到染浊。

用超越的观点来看待生命

第三个使我们的心柔软的方法就是从心的超越开始锻炼我们的柔软

心。我常常说，一个学佛的人要有好的和高的观点来看待生活和生命。

我们经常会想到："我是一个佛教徒，为何还有这么多折磨？""为什么这个世界上的人都比我幸福？"打开电视，在综艺节目中表演的歌手似乎都活在净土里，嘻嘻哈哈没有烦恼。当我们生病时，走在街上，看到每一个人都比自己健康，看中国小姐选美时，觉得每个人都比自己美丽。看到别人都比我们有钱，有智慧……为什么我们有这种看法？因为我们还停留在众生、凡夫的观点里，也由于观点不够高，使我们看不到表面以后的东西。如果我们的观点够高，我们就会看到凡是投生到这个世界的人都是有缺憾的，为什么？因为这个世界叫作娑婆世界，译成白话就是有缺憾的世界、堪忍的世界、苦的世界。因此，每个人的缺憾虽然面目不一，可是所受到的苦楚都一样，我们看到有钱人有有钱的烦恼，穷困人有穷困的烦恼，美丽的人有美丽的烦恼，丑陋的人有丑陋的烦恼，这些烦恼在现象上虽然不同，在本质上却很相似。譬如一个有钱人赚到一百万的快乐和一个乞丐乞得一百块的快乐可能是一样的，同样的，像我们这样的平凡人，有时候去吃个三十块钱的自助餐都吃得津津有味，而有钱人可能要花两万或三万去吃一桌酒席才会津津有味，我们所感受的好吃是相同的，只是现象不同罢了。而我们所感受的痛苦也是一样，只是现象不同而已，在本质上都是有缺憾的。当我们认识了这个观点，就能超越比较的观点，我们不必去和别人比较谁幸福，因为每个人幸福的现象都不同。只要我们稍微把心往上超越，就能进入比较绝对或智慧的观点，这种观点可以使我们比较没有遗憾、比较柔软、坦然地走向这个世界。

当我们的心超越起来的时候，就是建立善缘和慧根的时候，善缘和慧根是同样的东西，一个有智慧的人自然就会有善缘，所到之地都会碰到善知识、会平安喜悦、智慧得到开启。为什么会这样呢？这是因为你的心有微微的超越，自然有了微微的觉悟，有了微微觉悟的累积，便可以得到善缘和慧根。当我们觉得自己有很好的智慧的开发，有很多众生和我们结缘时，我们的心就柔软了，所以，要常常将心超越一点。

时时保持敏感待悟的心

开启柔软心的第四个方法是从心的敏感来开启。经典里记载释迦牟尼佛的前生，有一世叫睒子，睒子是一个非常孝顺的孩子，经典用了六个字来描写他的慈悲，叫作"践地唯恐地痛"。走在地上都害怕地会痛，这种心是多么的敏感和柔软，连地都怕它痛，当然就不会伤害众生，这时候，便可以处在敏感的状态来看待这个世界。虽然我们无法做到"践地唯恐地痛"，但是在踩地时若能想到这句话，将使我们的心变得比较敏感。

禅宗里有一种检验人格和修行的方法，叫作"残心"，残心就是我们在对待失败和痛苦时，有什么样的态度和观点，并由此检验出一个人的人格、修行、境界。举个简单的例子，我们在春天走到乡间去，看到繁花遍野，感觉春天是那么美丽、令人欢喜。秋天时，满山红叶，树叶凋零，令人感觉肃杀。但是我们感觉到秋的美丽和春天是一样的，有时候甚至觉得秋冬的美丽不亚于春天，这就是残心。因为我们的心是美丽的、敏感的，因此可以感觉到春夏秋冬及一切苦楚的美丽，也能感受到悲伤、受挫的美丽。在我们被压迫到最不堪时，有什么残心？是否同样敏感在对待这个世界？当我们的爱人要离开自己时，是否能想到："他离开我是多么的美丽，因为他找到更好的对象。"当别人打我们、骂我们时，我们是否有这种残心："这个人是菩萨的化现，他用特别的方法来让我修忍辱。"当父母把我们抚养长大，逐渐老去时，我们有没有报答他们的残心？我们有没有用感恩的心来对待孩子、朋友及这个世界；以及一切失败所给予的启发和觉悟？

残心可以使我们非常的敏感、柔软，要培养敏感有一个简单的方法，就是时时保持反观，当我们的脾气要发作时，要反观自己的动机，是否因为自己的心不够柔软，所以别人骂我一句、踩我一脚、看我一眼，我就发作？这些问题不在于别人的过错，而是因为自己的心不够柔软。除了时时保持反观的精神外，还要经常保有一颗光明而待悟的心。

最好的开悟时机就是挫败的时候，禅宗有一个很好的启示，就是"棒喝"，将人打到最谷底的地方，让我们开悟。我们在生活中，经常有很多棒喝的时机，譬如老板、客户、同事的责备，这时，要把他们当作禅师，让自己开悟。

当然，开启柔软心的方法还有很多，我只是简单地归纳出这四种方法，就是用广大的观点、慈悲的心地、超越的观点、敏感待悟的心来开启我们的柔软心，这样我们就能忍辱柔和、身心自在。但是广大、慈悲、超越、敏感并不表示离开众生或高高在上，因为不管我们是一个多么伟大的修行者，我们都还是众生的一部分。

柔软心是人间净土的希望

我住在乡下，经常心存感恩，因为基本上我是一个容易害羞的人，我很怕在路上或百货公司被人认出来，我很希望自然又自在地活在众生里面，而我住在乡下，从来没有人觉得我有何特别之处，我去工厂参观，被误为工人，去买水果，也被认为是水果摊老板，我经常带着孩子到河边捡石头，有些钓客便取笑我："憨猴才捡石头。"有时候，我会到庙里去拜佛，拜完之后就起来走走，看看庙的建筑，有一次，一个欧巴桑把我叫过去说："少年仔，过来一下。"我走了过去，她严肃地说："你这么少年，一天到晚在外面乱逛，不要四处玩，回家要多念阿弥陀佛。"我听了好感动，那天为这个欧巴桑多念了好几次"阿弥陀佛"。

佛教有一副伟大的对联："欲为诸佛龙象，先做众生马牛。"意思是我们要做佛门的龙象，就要先做众生的牛和马，才能使菩萨行得到落实。所以，一个人要超越广大、慈悲、敏感，并非要远离众生，而是要真实地进入众生里面，让他们不知道我们是一个修行者，如此才能随顺众生。一个有柔软心的人从来不苛求众生，因为众生如果可以被苛求、有智慧、能觉悟，现在早已经是一个菩萨了，不会还是一个众生。我们应该用这样的观点来看众生，并且用这种观点时时反观自己，因为我还有缺憾，所以现在还在这个世界上，我要努力使自己很快完成缺憾、使自己圆满，并且忍辱柔和、身心自在俱足。

柔软心是佛教里智慧、觉悟、菩提、慈悲、愿力的总集成。一个人如果有柔软心，修行就没有问题，所谓的"阿耨多罗三藐三菩提心"就是菩提心，所谓证得"阿耨多罗三藐三菩提"就是证得一个光明、柔软、无二、没有分别的佛性。

一个人如果能够柔软，在求佛道的过程就不容易被折断。像观世音菩萨手里拿的杨枝、河边的柳条、地上的青草都不容易被折断，为什么？因为它柔软，但是这种柔软并非拒绝风雨才不会被打断，而是它不畏风雨，它下但不怕风雨，还可将风雨转化成养料、智慧、慈悲，更加努力地生长。

我们看到渔网都很柔软，不过却很强韧，才能网住每一条鱼，如果我们的心能像渔网那么柔软和强韧，就可以抓住生命里的每一个悟，不会错过开悟的时机。

其实每一个人开悟的时机都一样，之所以不能开悟，无非因为不能抓住那个悟，如何才能抓住呢？就是柔软。我们晓得"滴水穿石"，如果我们能像水那般柔软，虽然渺小，也可穿越重重障碍，得到佛法的真实意。

一个人有柔软心，这个世界就多了一丝希望，也更能一丝接近净土。

经典告诉我们："娑婆世界是释迦牟尼佛的净土，也就是释迦牟尼的极乐世界。"遗憾的是，我们却把佛陀的净土搞成现在这个样子，所以，我们一定要努力地发愿、实践，使自己柔软，使这个世界清净，让我们生存的这个世界有一天可以成为真正的净土，成为他方国土众生所渴求要往生的净土。

希望我们大家一起来努力、锻炼自己的柔软心，使这个世界清净，才不会辱没我们的释迦牟尼佛。

谦卑心

○
○
○

1

谦卑比慈悲更难。

慈悲是把众生当成自己的子女，从心底生起自然的慈爱与关怀。

谦卑是把众生当成自己的父母，从心波生起自然的尊崇与敬爱。

我们知道，无条件的爱子女是容易的，无条件的敬父母则很少人可以做到。

所以，谦卑比慈悲更难。

2

愿众生的福泽充满天空！

当我不愉快时，

愿众生的烦恼都变成我的！

愿苦海干涸！

我们的观想可以得到真实的谦卑，谦卑乃是感恩，感恩乃是慈悲，慈悲乃是菩提！

3

谦卑就是谦虚，还有卑微。

谦虚要如广大的天空，有蔚蓝的颜色，能容受风云日月，不会被雷电乌云遮蔽，而失去其光明。

卑微要如无边的大地，有翠绿的光泽，能承担雨露花树，不会被污秽垃圾沉埋，而失去其生机。

谦虚的天空不会因破坏而瞋恨，卑微的大地不致因践踏而委屈。

永远不生起瞋恨、不感到委屈，是真实的谦卑。

4

我一向不愿穿戴昂贵的服饰，不愿拥有名牌，因为深感自己没有那样名贵。

我一向不喜出入西装革履、衣香鬓影的场合，因为深感自己没有那样高级。

我要谦虚卑微一如山上的一株野草。

谦卑的野草是自在的生活于大地，但野草也有高贵的自尊，顺着野草的方向看去，俯视这红尘的大地，会看见名贵高级的人住在拥挤的大楼，只有一个小小的窗口。

我不要人人都看见我，但我要有自己的尊严。

5

一株野草、一朵小花都是没有执着的。

它们不会比较自己是不是比别的花草美丽，它们不会因为自己要开放就禁止别人开放。

它们不取笑外面的世界，也不在意世界的嘲讽。

谦卑的心是宛如野草小花的心。

6

宋朝的高僧佛果禅师，在舒州太平寺当住持时，他的师父五祖法演给了他四个戒律：

一、势不可使尽——势若用尽，祸一定来。

二、福不可受尽——福若受尽，缘分必断。

三、规矩不可行尽——若将规矩行尽，会予人麻烦。

四、好话不可说尽——好话若说尽，则流于平淡。

这四戒比"过犹不及"还深奥，它的意思是"永远保持不及"，不及就是谦卑的态度。

高傲的人常表现出"大愚若智"，谦卑的人则是"大智若愚"。

7

南泉普愿禅师将圆寂的时候，首座弟子问道："师父百年后，向什么处去？"

他说："山下作一头水牯牛去。"

弟子说："我随师父一起去。"

禅师说："你如果想随我去，必须衔一茎草来。"

在举世滔滔求净土的时代，愿做一头山下的水牛，这是真正的谦卑。

8

释迦牟尼佛在行菩萨道时，曾在街路上对他见到的每一个众生礼拜，即使被喝骂棒打也不停止，只因为他相信众生都是未来佛，众生都可以成佛。

我们做不到那样，但至少可以在心里做到对每一众生尊敬顶礼，做到印光大师说的："看人人都是菩萨，只有我是凡夫。"

是的，只有我是凡夫，切记。

9

我愿，常起感恩之念。

我愿，常生谦卑之心。

我愿，我的谦卑永远向天空与大地学习。

不执着的心

○
○
○

六十年来狼藉，

东壁打到西壁；

如今收拾归来，

依旧水连天碧。

——济颠道济禅师

在《中阿含经》里，有一位弟子请问佛陀，是否可以将他的教法用一句话来表达，如果能，那是哪一句话？

佛陀说："一切都不可执着。"

接着，佛陀说："谁听到了这一句，就等于听到了一切的教法；谁实践了这一句，就等于实践了一切的教法；谁收到实践这一句的果，就等于收到实践一切教法的果。"

呀！一切都不可执着，是一个多么简洁有力的教法啊！这一切当然是包括了对于情的执着、我的执着，甚至法的执着。由于一切都不执着，因此每一天都是全新的一天，每一念都是全新的一念，那也就是时时刻刻都过着创意的生活。

学习佛道的人，时常会陷进一种生活的执着，就是把生活分为有用的和无用的，有用的事像是念佛、持咒、诵经、拜忏；无用的事像是散步、听音乐、洗澡、聊天；因为这样的分别与执着，使许多人的生活就分成两边，这种两边的陷入使人不但无法解脱，反而徒生许多的烦恼。

其实，即使是修行，也不可执着于修行呀！在《楞严经》里曾记载了二十五位菩萨成就的法门，有时想想就得到了很大的启示，香严童子是因为闻到烧香的味道而"由是意销，发明无漏"；跋陀婆罗和十六个菩萨同修是因为洗澡沐浴而"忽悟水因，既不洗尘，亦不洗体，中间安然，得无所有，宿习无忘"；毕陵伽婆蹉是因为走路时被毒刺刺伤足踝，而"虽觉觉痛，觉清净心"；月光童子是因为观水而得证悟；观世音菩萨是因为听闻世界的声音而成就……这些大修行者所要说明的正是，世界上没有什么是无用的事物，只要心开了；发现世间事物的真价值，一切都是有用的呀！

这种"不执着的心"正是一种生命的创意，生命中如果没有创意，即使是法也会成为僵化的东西。如果以禅的观点，有的人养猫，在乎的是观赏，于是会养一只名种的、有血统的、美丽的猫，这样就会失去了猫的作用；有的人养猫是为了抓老鼠，只要能捕鼠，就不管它是不是名种、是不是美丽了。

生命中的创意是不只注意最后的结果，也重视每个过程的开发。我很喜欢"佛道"，"禅道"的说法，什么是"道"呢？就是"为了达到目的地的通行之路"，也就是以佛为目标的一条路，这条路的目标虽是确定的，但不应该忽视了路边的风景，也不应忽视路上的实践。

禅道是为了开悟，佛道是为了证果，但如果没有真实对待生命的态度，开悟如何可得呢？如果没有好好照顾树根与枝芽，果也不可能结在虚空。因此，过程是和结果一样重要的，甚至，过程就是结果。

在今天，当我们谈到"佛"的时候，心里就会浮现佛的样子，那样庄严、慈祥、有智慧，其实佛哪里是一个固定的样子呢？佛在《金刚经》里不是说"若以色见我，以音声求我，是人行邪道，不能见如来"吗？如来是无形无相的，若执着于形相，就不是如来了。

从这个观点看，我宁可说观音菩萨是一种悲心，文殊菩萨是一种智慧，普贤菩萨是一种实践，地藏菩萨是一种愿望，都是从心而说，因为"一切都不可执着"！

泰国的修行者佛使比丘在《菩提树的心木》一书中阐释这段经义，说烦恼像老虎一样，执着就是老虎的食物，也就是烦恼的根源，他说："如果把猛虎关在栅栏里，却不供给食物，我们不必杀它，它也自己会死。"

从前的禅僧被称为"云水"，云和水没有一个固定的样貌，也是一种不执着，不执着正是一种生活体悟的要义，不执着会使我们有一个全新的生命之创意，使我们超越了逻辑与预设的陷阱。

不执着不指目的，也不指过程，是指一个开悟之机，一个完全打开的心胸世界。

蚂蚁三昧

○
○
○

　　烧香的时候，突然看见一队蚂蚁从庄严的佛像爬过，它们整齐地从佛的足尖往上爬高，从佛的胸前走过，然后走过佛的脸颊，翻越佛的宝髻，顺着佛背，最后蹑足由金色的莲花台上下来。

　　看这些无声的蚂蚁爬过佛像，我简直呆住了，仿佛听见几百个出力吆喝的声音，循声望去，原来它们是搬着孩子散落在地上的饼屑要回家去。我升起的第一个念头是想把它们吹落，因为佛像是何等庄严，岂容这些小蚂蚁践踏？但我的第二个念头使我停住了，这些蚂蚁都是佛陀口中的众生，佛告诉我们："佛与众生，无二无别。"我怎么能把这些与佛无二的众生吹落呢？第三个念头我想到了，这些蚂蚁是多么伟大，在它们的眼中，佛像与屋前的草地甚至是平等而没有分别的，它们没有恭敬也没有不恭敬，反而我对佛像的恭敬成为一种执着。其实依佛所说，我对爬着的蚂蚁或屋前的草地，都应该同样恭敬，《法华经》不是说："有情无情，同圆种智"吗？

于是，我便很有兴味地看着蚂蚁爬过佛像，走回它们的家，这时我又发现它们爬过佛像并没有特别的理由，反而是走了艰苦的路。为什么蚂蚁要走这条路呢？我想不通，后来知道了，原来平坦与艰苦的路对蚂蚁也没有区别，只有两度空间的蚂蚁，平地与高山对它都是平等。

坐下来的时候，我想到自己也只是一只蚂蚁。从前我总认为一般人在这个世界是走了平坦的路，我们学习佛道的人则是选择了艰苦之道。今后应该向蚂蚁看齐，要做到平坦与艰苦都能平等才好。

看蚂蚁时，不知道为什么就浮起"蚂蚁三昧"四字。

三昧，一般都被说是"定"或"正受"，心定于一处不动曰定，正受所观之法曰正受。但更好的说法是"等持"、"等念"。

平等保持心，故曰等持。

诸佛菩萨入有情界平等护念，故曰等念。

多么尊贵的蚂蚁，它们受到佛菩萨的平等护念，而且对佛像与草地有平等的心。

这使我悟到了，真正的三昧不是远离散动，而是定乱等持，在平静之境，善心一处住不动固然好，在乱缘之中，能真心体寂、自性不动，不是更高妙吗？

三昧，讲的是自性的平等与法界的平等。

佛经里说："众生蒙佛之加持力，突破六尘之游泥，出现自身之觉理，如赖春雷之响而蛰虫出地，知与佛等无差别者，是平等之义也。"

知道山河大地无不是佛的法身，这是平等。

传说从前五祖弘忍去见四祖道信时还是个孩子，在大殿里解开裤裆就尿起尿来，门人跑来驱赶："去！去！去！哪里的野孩子竟敢在佛殿小便？"年幼的五祖说："你告诉我，何处没有佛，我就去那里尿尿！"四祖听了，惊为大根利器，收为徒弟，果然传了衣钵。这是等持！

不过，这是祖师行径，我们凡夫可不要真到佛殿乱来！

看过蚂蚁爬过佛像，令我开启不少智慧，当天夜里搭计程车，司机说："开计程车也有火候，空车与搭客时能同等看待，空车时不着急、不忧心，载客时不心浮、不气躁，能这样子才算是会开计程车了。"

呀！原来到处都有三昧！

青山元不动

我从来不刻意去找一座庙宇朝拜。

但是每经过一座庙，我都会进去烧香，然后仔细地看看庙里的建筑，读着到处写满的有时精美得出乎意料的对联，也端详那些无比庄严穿着金衣的神明。

大概是幼年培养出来的习惯吧！每次随着妈妈回娘家，总要走很长的路，有许多小庙神奇地建在那一条路上，妈妈无论多急地赶路，必定在路过庙的时候进去烧一把香，或者喝杯茶，再赶路。

爸爸出门种作的清晨，都是在庙里烧了一炷香，再荷锄下田的。夜里休闲时，也常和朋友在庙前饮茶下棋，到星光满布才回家。

我对庙的感应不能说是很强烈的，但却十分深长。在许许多多的庙中，我都能感觉到一种温暖的情怀，烧香的时候，就好像把自己的心情放在供桌上，烧完香整个人就平静了。

也许不能说只是庙吧，有时是寺，有时是堂，有时是神坛，反正是有着庄严神明的处所，与其说我敬畏神明，还不如说是一种来自心灵的声音，它轻浅地弹奏而触动着我；就像在寺庙前听着乡人夜晚弹奏的南管，我完全不懂得欣赏，可是在夏夜的时候聆听，仿佛看到天上的一朵云飘过，云后闪出几粒晶灿的星星，南管在寂静之夜的庙里就有那样的美丽。

新盖成的庙也有很粗俗的，颜色完全不调谐地纠缠不清，贴满了花草浓艳的艺术瓷砖，这时我感到厌烦；然而我一想到童年时看到如此颜色鲜丽的庙就禁不住欢欣地跳跃，心情接纳了它们，正如渴着的人并不挑拣茶具，只有那些不渴的人才计较器皿。

我的庙宇经验可以说不纯是宗教，而是感情的，好像我的心里随时准备了一片大的空地，把每座庙一一建起，因此庙的本身是没有意义的。记得我在学生时代，常常并没有特别的理由，也没有朝山进香的准备，就信步走进后山的庙里，在那里独坐一个下午，回来的时候就像改换了一个人，有快乐也沉潜了，有悲伤也平静了。

通常，山上或海边的庙比城市里的更吸引我，因为山上或海边的庙虽然香火寥落，往往有一片开阔的景观和天地。那些庙往往占住一座山或一片海滨最好的地势，让人看到最好的风景，最感人的是，来烧香的人大多不是有所求而来，仅是来烧香罢了，也很少人抽签，签纸往往发着黄斑或尘灰满布。

城市的庙不同，它往往局促一隅，近几年因大楼的兴建更被围得完全没有天光；香火鼎盛的地方过分拥挤，有时烧着香，两边的肩膀都被拥挤的香客紧紧夹住了。最可怕的是，来烧香的人都是满脑子的功利，又要举家顺利，又要发大财，又要长寿，又要儿子中状元。我知道的一座庙里没几天就要印制一次新的签纸，还是供应不及，如果一座庙只是用来求功名利禄，那么我们这些无求的只是烧香的人，还有什么值得去

的呢？

去逛庙，有时也有意想不到的乐趣。有的庙是仅在路上捡到一个神明像就兴建起来的，有的是因为长了一棵怪状的树而兴建，有的是那一带不平安，大家出钱盖座庙。在台湾，山里或海边的庙宇盖成，大多不是事先规划设计，而是原来有一个神像，慢慢地一座座供奉起来；多是先只盖了一间主房，再向两边延展出去，然后有了厢房，有了后院；多是先种了几棵小树，后来有了遍地的花草；一座寺庙的宏规是历尽百年还没有定型，还在成长着。因此使我特别有一种时间的感觉，它在空间上的生长，也印证了它的时间。

观庙烧香，或者欣赏庙的风景都是不足的；最好的庙是在其中有一位得道者，他可能是出家修炼许久的高僧，也可能是拿着一块抹布在擦拭桌椅的毫不起眼的俗家老人。在他空闲的时候，我们和他对坐，听他诉说在平静中得来的智慧，就像坐着听微风吹抚过大地，我们的心就在那大地里悠悠如诗地醒转。

如果庙中竟没有一个得道者，那座庙再好再美都不足，就像中秋夜里有了最美的花草而独缺明月。

我曾在许多不知名的寺庙中见过这样的人，在我成年以后，这些人成为我到庙里去最大的动力。当然我们不必太寄望有这种机缘，因为也许在几十座庙里才能见到一个，那是随缘！

最近，我路过三峡，听说附近有一座风景秀美的寺，便放下俗务，到那庙里去。庙的名字是"元亨堂"，上千个台阶全是用一级级又厚又结实的石板铺成，光是登石级而上就是几炷香的功夫。

庙庭前整个是用整齐的青石板铺成，上面种了几株细瘦而高的梧桐，和几丛竹子；从树的布置和形状，就知道不是凡夫所能种植的。庙的设计也是简单的几座平房，全用了朴素而雅致的红砖。

我相信那座庙是三莺一带最好的地势，站在庙庭前，广大的绿野蓝天和山峦尽入眼底，在绿野与山峦间一条秀气的大汉溪如带横过。庙并不老，对于现在能盖出这么美的庙，使我对盖庙的人产生了最大的敬意。

后来打听在庙里洒扫的妇人，终于知道了盖庙的人。听说他是来自外乡的富家独子，一生下来就不能食荤的人，廿岁的时候发誓修性，便带着庞大的家产走遍北部各地，找到了现在的地方，他自己拿着锄头来开这片山，一块块石板都是亲自铺上的，一棵棵树都是自己栽植的，历经六十几年的时间才有了现在的规模；至于他来自哪一个遥远的外乡，他真实的名姓，还有他传奇的过去，都是人所不知，当地的人只称他为"弯仔师傅"。

"他人还在吗？"我着急地问。

"还在午睡，大约一小时后会醒来。"妇人说。并且邀我在庙里吃了一餐美味的斋饭。

我终于等到了弯仔师父，他几乎是无所不知的人，八十几岁还健朗风趣，上自天文，下至地理，中谈人生，都是头头是道，让人敬服。我问他年轻时是什么愿力使他到三峡建庙，他淡淡地说："想建就来建了。"

谈到他的得道。

他笑了："道可得乎？"

叨扰许久，我感叹地说："这么好的一座庙，没有人知道，实在可惜呀！"

弯仔师父还是微笑，他叫我下山的时候，看看山门的那副对联。

下山的时候，我看到山门上的对联是这样写的：

青山元不动
白云自去来

那时我站在对联前面才真正体会到一位得道者的胸襟，还有一座好庙是多么的庄严，他们永远是青山一般，任白云在眼前飘过。我们不能是青山，让我们偶尔是一片白云，去造访青山，让青山告诉我们大地与心灵的美吧！

我不刻意去找一座庙朝拜，总是在路过庙的时候，忍不住地想：也许那里有着人世的青山，然后我跨步走进，期待一次新的随缘。

珍惜一枝稻草

○
○
○

　　有一位很想成为富翁的青年，到处旅行流浪，辛苦地寻找着成为富翁的方法，几年过去了，他不但没有变成富翁，反而成为衣服破烂的流浪汉。

　　最后，他想起了寺庙里的观世音菩萨，他知道菩萨无所不能、救苦救难，就跑到庙里，向观世音菩萨祈愿，请求菩萨教他成为富翁的方法。

　　观世音菩萨被他的虔诚感动了，就教他说："要成为富翁很简单，你从这寺庙出去以后，要珍惜你遇到的每一件东西、每一个人。并且为你遇见的人着想，布施给他。这样，你很快就会成为富翁了。"

　　青年听了，心想这方法真简单，高兴得不得了，就告辞菩萨，手舞足蹈地走出庙门，一不小心竟踢到石头绊倒在地上。当他爬起来的时候，发现手里黏了一枝稻草，正想随手把稻草丢掉，猛然想起了观世音菩萨的话，便小心翼翼地拿着稻草向前走。

路上迎面飞来一只蜜蜂，他想起菩萨的话，就把蜜蜂绑在稻草上，继续往前走。

突然，他听见了小孩子号啕大哭的声音，走上前去，看见一位衣着华丽的妇人抱着正大哭大闹的小孩子，怎么哄骗也不能使他停止哭泣。当小孩子看见青年手上绑着蜜蜂的稻草时，立即好奇地停止了哭泣，那人想起菩萨的话，就把稻草送给孩子，孩子高兴地笑起来。妇人非常感激，送给他三个橘子。

他拿着橘子继续上路，走了不久，看见一个布商蹲在地上喘气，他想起菩萨的话，走上前去问道："你为什么蹲在这里，有什么我可以帮忙吗？"布商说："我口渴呀！渴得连一步都走不动了。"

"那么，这些橘子送给你解渴吧！"他把三个橘子全部送给布商。布商吃了橘子，精神立刻振作起来，为了答谢他，布商送给他一疋上好的绸缎。

青年拿着绸缎往前走，看到一匹马病倒在地上，骑马的人正在那里一筹莫展，他就征求马主人的同意，用那疋上好的绸缎换了那匹病马，马主人非常高兴地答应了。

他跑到小河去提一桶水来给那匹马喝，细心照顾它，没想到才一会儿，马就好起来了，原来马是因为太口渴才倒在路上的。

青年继续骑马前进，正经过一家大宅院前面时，突然跑出来一个老人拦住他，向他请求："你这匹马，可不可以借我呢？"

他想起观世音菩萨的话，就从马上跳下来，说："好，就借给你吧！"

那老人说："我是这大屋子的主人，现在我有紧急的事要出远门，这样好了，等我回来还马时再重重地答谢你，如果我没有回来，这宅院和土地就送给你好了。你暂时住在这里，等我回来吧！"说完，就匆匆忙忙骑马走了。

青年在那座大庄院住了下来，等老人回来，没想到老人一去不回，他就成为庄院的主人，过着富裕的生活。这时他才悟到："呀！我找了许多年成为富翁的方法，原来这样简单！"

这是一个日本童话，它有深刻的启示意义。生活在这世界上的大部分人，就像故事中的青年，都想成为富有的人，一般人想到有钱就会富有，层次高一点的人除了钱，希望精神上也能富有。

什么样的人才算富有呢？富有的标准不是财货的多寡，而是以能不能布施给别人来衡量的，能给出去的人才算富有，只能私藏为用的人，即使家财万贯，也算是贫穷的人！

什么样的人才能布施呢？简单地说，就是"惜缘"的人，因为能珍惜每一个因缘，甚至不弃绝和我们擦身而过的人，才使我们能布施而没有一点遗憾，有遗憾就不能说是富有。

因此，真正通向富足的道路，不是财货的堆积，也不是名利的追求，而是珍惜我们所遇到的每一件东西、每一个人，处处为人着想，布施给别人。

台湾有两句俗语，一句是"一枝草，一点露"，说明了人的福分是有限的，上天雨露均沾，强求也没有用。还有一句是"草仔枝也会绊倒人"，就是不要轻视小草，小草也能让我们跌伤。反过来说，一枝草的因缘何尝不能帮助我们呢？

致富之道无它，惜缘、布施而已。惜缘使我们无憾，布施使我们成为真正富有的人。

温柔的世界观

○
○
○

今天是年初三，台北意料之外的显得格外冷清，这个由大部分外地人组成的城市，由于工商业的突然休息，使我更感觉到遥远而陌生了。

亮亮，在往昔，每到过年我总是拼命赶回老家去，使我从未在过年时看过这个城市，今年，我的母亲想来台北和我们团聚，竟使我意外地在台北过了第二次的年。

晚上，独自走过家附近堆放垃圾的地方，发现了这平常堆置垃圾的角落，垃圾堆得简直像山一样，令人作呕的恶臭飘散在四处。原来，因为过年，垃圾车放假三天，已经有三天没有来收垃圾了，市民们养成了夜里把垃圾向外倾倒的习惯，加上过年的垃圾倍增，才出现这比平常可怕的景象。

我不知道为什么过年要停收垃圾，这真是一个愚笨的政策，过年当然是很重要，但过日子比过年还重要，电信、电力、交通、军队、甚至是戏院、百货公司都可以不休过年，关系到一个城市健康的垃圾收集，怎么可以休假三天呢？想想看，一个城市三天的垃圾堆积，会对卫生环境产生多么重大的危害？但愿明年能够改变这种决定，使留在城市过年的人，也能过干净的年。

现代人制造过多垃圾

然后我走过几条街，发现处处都是垃圾堆，街道也没有平日整洁。和我一起散步的母亲，用一种很惊奇的语气问我："台北人是怎么样能制造出这么多垃圾呢？"

真是一个好问题，这个问题应该也适用别的城市，例如说："高雄人是怎么样能制造出这么多垃圾呢？"也可以说适合现代生活的共相，例如说："现代人怎么如此会制造垃圾？"垃圾的爆炸是世界性的问题，没有一个现代国家不为垃圾所困扰。

现代人的消费生活真是不同以往了，许多可用的东西因为消费的关系，在它的价值还未用尽时，就被丢弃了。有一年春天，我到美国旅行，在纽约住了一个月，到过纽约一些朋友的家里，有的朋友的家用品几乎全是垃圾堆中捡来的，他们捡到的东西有打字机、洗衣机、电视机、电冰箱、沙发、波斯地毯，还有电话、电脑等等，东西多到令人惊叹！那些东西都是半新的，有的只是褪了流行，就被丢弃了。

我的朋友都是中国艺术家，他们一向惜福，又有创造力，把一些街头垃圾变变花样、改改颜色，就把一个家弄得有声有色，一点也看不出是垃圾。他们都还满有尊严，不吃美国人倒掉的食物，其实有很多食物也都尚可利用，每到夜里，就有很多流浪汉在垃圾堆里找东西吃。

有一位朋友告诉我："美国现在国力弱了，完全是浪费的结果。美国将来如果会沦亡，必是不会珍惜物产所导致。"这话说得有点夸张，却是值得深思的。美国，特别是纽约有一些街头雕塑家，喜欢把垃圾堆捡来的材质——金银铜铁，也就是闽南说的"坏铜旧锡"——焊接成巨大的雕塑，耸立街头，看到这些垃圾雕塑，总使我仿佛看到现代文明中最可忧虑的问题。

尤其是像我这样出生于穷乡僻壤的人，虽说早已习惯了都市生活，由于童年的记忆，当我看到人们不爱惜东西时，心里都生出一些刺痛，每当自己丢弃一些尚可使用的东西时，更加的不安。关于"爱惜东西"，我想可以举一个例子来说，我童年时代家家户户都有养牛，放牛吃草便成为日常重要的事。

我的童年没有垃圾

每天，把牛赶到草地吃草，我们手里就提着一个中美合作握手的肥料袋，有的牛在草地上大便，我们就趁热捡起来放进袋中，有的牛在半路上大便，我们就安心等候，然后把牛粪放进袋里，一天可以捡十几团牛粪。捡回家后把牛粪一团团拿出来铺在晒谷场上曝晒，等它干了，就是生火烧饭最好的材料——那时没有瓦斯、电锅，甚至连木材都舍不得用太多。

为什么要捡热热的牛粪呢？因为如果遗落在路上，别的人看见一定捡起来带回家去。这已经是快三十年的往事了，直到如今我思及拾粪的景象，就好像真的闻到了牛粪的气息，手里还感受到牛粪的热度。

真是不可思议吧！亮亮，有一次我和一个朋友在路上同时看到一团牛粪，互相"礼让"半天，最后把牛粪分成两半，一人带一半回家。说起来像是远古的神话，却是近在眼前，那个时代并不遥远，大家都非常珍惜事物，想想看连一个牛粪都要捡了，别的更不用说。

一直到现在，我都维持着碗中不剩下一粒饭的习惯，那是由于我随父亲种田，知道一粒米的长成是多么不易。

所以，我的童年几乎是没有垃圾的，所有的东西都用到最后一分价值，才被丢弃。

有一次我把这个观念告诉一位朋友，他是在城市的富裕家庭中长大，他不相信"人可以不制造垃圾"的观念。直到有一年他到不丹、拉达克去旅行，回来才告诉我，他完全相信了我的话，那里的生活大约是三十年前的台湾，朋友带去的卫生竹筷、保丽龙碗、纸袋子、罐头吃完的空罐，只要一丢掉就被捡去用了，他说："简直没有垃圾，一点垃圾都没有，真是不可思议。"

是的，非常不可思议。不过，没有垃圾的生活，或者说是物质条件差的生活，不见得就比富裕的生活差到哪里去。就以不丹、拉达克来说，一向被认为是人间的仙境，是失去的地平线，在那里生活的人，他们有很高超的宗教文化，也有极深邃的人文思想，不见得会比纽约人逊色。

就说到过年，我感觉到从前的孩子在过年时所感受的幸福比现在的孩子要大得多，穿新衣、戴新帽对现在的孩子早就失去意义（现在的孩子新衣新帽太多了），吃年夜饭，守岁也不稀奇（天天大鱼大肉习惯了），甚至连压岁钱也不会有多大快乐（每天有零用钱就不稀罕了）……回想起我们童年过年的那种快乐，看看自己的孩子对过年平淡的反应，就知道物质生活不能代表什么，精神的喜悦才是真实的快乐。

大丈夫才能真正的温柔

从生活的垃圾想到了生命的垃圾，现代人的生命观点也逐渐制造出垃圾来了。不知道别人怎么想，我感觉中的现代人愈来愈冷漠而僵硬，不像农业社会那样温柔了，当然这也是工商社会的特质，只是，为什么生活在现代的人，就不能有一个温柔的世界观呢？

温柔，是温暖而柔和。

时时和别人维持良善的关系，是温暖。

时时想到能利益社会与人群，是柔和。

温暖，就是佛教中的大慈。

柔和，就是佛教中的大悲。

在佛教经典中曾记载过一个非常慈悲温柔的人，故事我已经忘记了，却记住形容他温柔慈悲的一句话："践地常恐地痛"，使我大为感动，当一个人踩在地上时都怕地被踩痛，那么，对待世界就可以做到绝对的温柔。

温柔，乃不是弱者的行为，唯有大丈夫才能真正的温柔。

要有温柔的世界观其实不难，就是珍惜"小福"，我们普通人很少一生中有什么大福报，但是在每天里有小小的福分，有小小的喜乐，有小小的温暖，有小小的对人的关怀与爱，有小小的珍惜……这些小福如同棉线一般，编织起来就会是一张温暖柔和的生命之网，看起来柔弱，事实上非常坚强，不至于被现代的冷漠和僵硬所淹没。

亲爱的亮亮，不珍惜小福而想追求大福报，是绝无可能的，唯有珍惜小福，才使生命的每一天都演奏庆典的音乐，过一种没有垃圾的生活。

让我们培养一种温柔的世界观吧！

第三辑

情何以逃

不管是从空间或时间来看，

我们自己就可以说是世界的中心，

或者说

每个人认为自己是世界中心而不肯承认。

屋顶上的田园

○
○
○

　　连续来了几个台风，全台湾又为了菜价的昂贵而沸腾了，我们家是少数不为菜价烦恼的家庭。

　　今年春天，我坐在屋顶阳台乘凉的时候，看着空荡荡的阳台，心里想："为什么不在阳台上种点东西呢？"我想到居住在乡间的亲戚朋友，每一小片空地也都是尽量地利用，空着三十几坪的阳台岂不是太可惜吗？

　　于是，我询问太太和孩子的意见，"到底是种花好呢？还是种菜好？"都认为是种菜好，因为花只是用看的，菜却要吃进肚子里，而台湾的农药问题是如此的可怕。

　　孩子问我："爸爸，你真的会种菜吗？"

　　我听了大笑起来，"那是当然的啊！想想老爸是农人子弟，从小什么作物没有种过，区区一点菜算得了什么！"

自己吹嘘半天，却也有一些心虚起来，我的祖父、父亲都是农夫，我小时候虽也有农事的经验，但我少小离家，那已经是很遥远的事了。

种菜，首先要整地，立刻就面临要在阳台上砌砖围土的事情，这样工程就太浩大了。我和孩子一起讨论："如果我们找来三十个大花盆，每一个盆子栽一种菜，一个月之后，我们每天采收一盆，就会天天有蔬菜吃了。"

我把从前种花的时候弃置的花盆找出来，一共有十八盆，再去花市买了十二个塑胶盆子。泥土是在附近的工地向工地主任要来的废土，种子是托弟媳在乡下的市场买的。没有种过菜的人，一定想不到菜的种子非常便宜，一包才十元，大概可以种一亩地没问题，如果种一盆，种子不到一毛钱。小贩在袋子上都写了菜名，在乡下的菜名和普通话不同，因此搞了半天，才知道"格林菜"是"芥蓝菜"，"汤匙菜"是"青康菜"，"维菜"是"空心菜"，"美仔菜"是"莴苣"，那些都是菜长出来后才知道的，其实，所有的青菜都很好吃，种什么菜都是一样的。

我先把工地的废土翻松，在都市里的土地从未种作，地力未曾使用，应该是很肥沃的，所以，种菜的初期，我们可以不使用任何肥料。我已经想好我要用的肥料了，例如洗米的水、煮面的汤、菜叶果皮，以及剩菜残羹等等。

叶菜类的生长速度非常的快，从发芽到采收只要三个星期的时间，几乎每天都可以因看到茂盛的生长而感到喜悦。特别是像空心菜、红凤叶、番薯叶，一天就可以长出一寸长。

我也决定了采收和浇水的方法。

一般的菜农采收叶菜，为了方便起见，都是整棵从地里拔起，我们在阳台种菜格外艰辛，应该用剪刀来采收，例如摘空心菜，每次只采最嫩的部分，其根茎就会继续生长，隔几天又可以收成了。

浇水呢？曾经自己种菜的弟弟告诉我，如果用自来水来浇灌，不只

菜长不好，而且自来水费比菜价还高。我找来一些大桶子放在阳台，以便下雨时可以集水，平常则请太太帮忙收集洗米洗菜的水，甚至洗手洗澡的水，既是用花盆种菜，这样的水量也就够了。

我种的第一批菜快要可以收成的时候，发现菜园来了一些虫、蜗牛、蚱蜢等等小动物，它们对采收我的菜好像更有兴趣、更急切。这使我感到心焦，因为我是不杀生、不使用农药的，把小虫一只一只抓来又耗去了太多的时间。

有一天，一位在阳明山种兰花的朋友来访，我请他参观阳台的菜园。他说他发明了一种农药，就是把辣椒和大蒜一起泡水，一桶水里大约辣椒十条、大蒜十粒，然后装在喷水器里，喷在花盆四周和菜叶上，又卫生无毒又有奇效。

从此，我大约每星期喷一次自制的"农药"，果然再也没有虫害了。

自从我种的菜可以采收之后，每次有朋友来，我都摘菜请客，他们很难相信在阳台可以种出如此甜美的菜。有一位朋友吃了我种的菜，大为感慨："在台北市，大概只有两个大人物自己在屋顶上种菜，一个是王永庆，一个是林清玄。"

我听了大笑，大人物是谈不上，不过吃自己种的青菜确是非常踏实，有成就感。

还有一次，主持"玫瑰之夜"的曾庆瑜小姐来访，看到我种的菜，大为兴奋，摘了一枝红凤菜，也没有清洗，就当场大嚼起来，我想阻止她已经来不及了，如果告诉她农药和肥料的来源，她吃得一定更有"味道"了。

从开始种菜以来，就不再担心菜价的问题了，每有台风来的时候，我把菜端到避风的墙边，每次也都安然度过，真感觉到微小的事物中也有幸福欢喜。

每天的早晨黄昏，我抽出半个小时来除草、浇水、松土，一方面劳动了久坐的筋骨，一方面也想起从前在乡间耕作的时光，在劳苦之中感觉到生活的踏实。

我常想，地球上的土地是造物者为了生养人类而创造的，如今却有很多人把土地作为占有与幸进的工具，真是辜负土地原有的价值。

想到在东京银座有块土地的日本人，却拿来种稻子，许多人为他不把土地盖成昂贵的楼房，而种粗贱的稻米感到不可思议，那是因为人已经日渐忘记土地的意义了，东京银座那充满铜臭的土地还可以生长稻子，不是值得欢喜踊跃的事吗？

我在阳台上种菜是不得已的，但愿有一天能把菜种在真正的土地上。

温一壶月光下酒

○
○
○

逃情

幼年时在老家西厢房，姊姊为我讲东坡词，有一回讲到《定风波》中"一蓑烟雨任平生"这个句子时让我吃了一惊，仿佛见到一个竹杖芒鞋的老人在江湖道上踽踽独行，身前身后都是烟雨弥漫，一条长路连到远天去。

"他为什么？"我问。

"他什么都不要了，"姊姊说，"所以到后来有'回首向来萧瑟处，归去，也无风雨也无晴'之句。"

"这样未免太寂寞了，他应该带一壶酒、一份爱、一腔热血。"

"在烟中腾云过了，在雨里行走过了，什么都过了，还能如何？所谓'来往烟波非定居，生涯蓑笠外无余'，生命的事一经过了，再热烈也是平常。"

年纪稍长，才知道"竹杖芒鞋轻胜马，谁怕？一蓑烟雨任平生"的境界并不容易达致，因为生命中真是有不少不可逃不可抛的东西，名利倒还在其次；至少像一壶酒、一份爱、一腔热血都是不易逃的，尤其是情爱。

记得日本小说家武者小路实笃曾写过一个故事，传说有一个久米仙人，在尘世里颇为情苦，为了逃情，入山苦修成道，一天腾云游经某地，看见一个浣纱女足胫甚白，久米仙人为之目眩神驰，凡念顿生，飘忽之间，已经自云头跌下。可见逃情并不是苦修就可以得到。

我觉得"逃情"必须是一时兴到，妙手偶得，如写诗一样，也和酒趣一样，狂吟浪醉之际，诗涌如浆，此时大可以用烈酒热冷梦，一时彻悟。倘若苦苦修炼，可能达到"好梦才成又断，春寒似有还无"的境界，离逃情尚远，因此一见到"乱头粗服，不掩国色"的浣纱女就坠落云头了。

前年冬天，我遭到情感的大创巨痛，曾避居花莲逃情，繁星冷月之际与和尚们谈起尘世的情爱之苦，谈到凄凉处连和尚都泪不能禁。如果有人问我："世间情是何物？"我会答曰："不可逃之物。"连冰冷的石头相碰都会撞出火来，每个石头中事实上都有火种，可见再冰冷的事物也有感性的质地，情何以逃呢？

情仿佛是一个大盆，再善游的鱼也不能游出盆中，人纵使能相忘于江湖，情是比江湖更大的。

我想，逃情最有效的方法可能是更勇敢地去爱，因为情可以病，也可以治病；假如看遍了天下足胫，浣纱女再国色天香也无可如何了。情者是堂堂巍巍，壁立千仞，从低处看是仰不见顶，自高处观是俯不见底，令人不寒而栗，但是如果在千仞上多走几遭，就没有那么可怖了。

理学家程明道曾与弟弟程伊川共同赴友人宴席，席间友人召妓共饮，伊川正襟危坐，目不斜视，明道则毫不在乎，照吃照饮。宴后，伊川责明道不恭谨，明道先生答曰："目中有妓，心中无妓！"这是何等洒脱的胸襟，正是"云月相同，溪山各异"，是凡人所不能致的境界。

说到逃情，不只是逃人世的情爱，有时候心中有挂也是情牵。有一回，暖香吹月时节与友在碧潭共醉，醉后扶上木兰舟，欲纵舟大饮，朋友说："也要楚天阔，也要大江流，也要望不见前后，才能对月再下酒。"死拒不饮，这就是心中有挂，即使挂的是楚天大江，终不能无虑，不能万情皆忘。

以前读《词苑丛谈》，其中有一段故事：

后周末，汴京有一石氏开茶坊，有一个乞丐来索饮，石氏的幼女敬而与之，如是者达一个月，有一天被父亲发现了打她一顿，她非但不退缩，反而供奉益谨。乞丐对女孩说："你愿喝我的残茶吗？"女嫌之，乞丐把茶倒一部分在地上，满室生异香，女孩于是喝掉剩下的残茶，一喝便觉神清体健。

乞丐对女孩说："我就是吕仙，你虽然没有缘分喝尽我的残茶，但我还是让你求一个愿望。"女只求长寿，吕仙留下几句话："子午当餐日月精，元关门户启还扃，长似此，过平生，且把阴阳仔细烹。"遂飘然而去。

这个故事让我体察到万情皆忘，"且把阴阳仔细烹"实在是神仙的境界，石姓少女已是人间罕有，还是忘不了长寿，忘不了嫌恶，最后仍然落空，可见情不但不可逃，也不可求。

越往前活，越觉得苏东坡"一蓑烟雨任平生""也无风雨也无晴"词意之不可得，想东坡也有"春色三分，二分尘土，一分流水。细看不是杨花，点点是离人泪"的情思；有"但愿人长久，千里共婵娟"的情愿；有"念故人老大，风流未减，空回首，烟波里"的情怨；也有"若待得君来向此，花前对酒不忍触。共粉泪，两簌簌"的情冷，可见"一蓑烟

雨任平生"只是他的向往。

情何以可逃呢？

煮雪

传说在北极的人因为天寒地冻，一开口说话就结成冰雪，对方听不见，只好回家慢慢地烤来听……

这是个极度浪漫的传说，想是多情的南方人编出来的。

可是，我们假设说话结冰是真有其事，也是颇有困难，试想：回家烤雪煮雪的时候要用什么火呢？因为人的言谈是有情绪的，煮得太慢或太快都不足以表达说话时的情绪。

如果我生在北极，可能要为煮的问题烦恼半天，与性急的人交谈，回家要用大火煮烤；与性温的人交谈，回家要用文火。倘若与人吵架呢？回家一定要生个烈火，才能声闻当时"哗哗唧唧"的火爆声。

遇到谈情说爱的时候，回家就要仔细酿造当时的气氛，先用情诗情词裁冰，把它切成细细的碎片，加上一点酒来煮，那么，煮出来的话便能使人微醉。倘若情浓，则不可以用炉火，要用烛火再加一杯咖啡，才不会醉得太厉害，还能维持一丝清醒。

遇到不喜欢的人不喜欢的话就好办了，把结成的冰随意弃置就可以了。爱听的话则可以煮一半，留一半他日细细品尝，住在北极的人真是太幸福了。

但是幸福也不常驻，有时候天气太冷，火生不起来，是让人着急的，只好拿着冰雪用手慢慢让它融化，边融边听。遇到性急的人恐怕要用雪往墙上摔，摔得力小时听不见，摔得用力则声震屋瓦，造成噪音。

我向往北极神话的浪漫世界，那是个宁静祥和又能自己制造生活的世界，在我们这个到处都是噪音的世代里，有时候我会希望大家说出来的话都结成冰雪，回家如何处理是自家的事，谁也管不着。尤其是人多要开些无聊的会议时，可以把那块嘈杂的大雪球扔在家前的阴沟里，让它永远见不到天日。

斯时斯地，煮雪恐怕要变成一种学问，生命经验丰富的人可以依据雪的大小、成色，专门帮人煮雪为生；因为要煮得恰到好处和说话时恰如其分一样，确实不易。年轻的恋人则可以去借别人的"情雪"，借别人的雪来浇自己心中的块垒。

如果失恋，等不到冰雪尽融的时候，就放一把大火把雪屋都烧了，烧成另一个春天。

温一壶月光下酒

煮雪如果真有其事，别的东西也可以留下，我们可以用一个空瓶把今夜的桂花香装起来，等桂花谢了，秋天过去，再打开瓶盖，细细品尝。

把初恋的温馨用一个精致的琉璃盒子盛装，等到青春过尽垂垂老矣的时候，掀开盒盖，扑面一股热流，足以使我们老怀堪慰。

这其中还有许多意想不到的情趣，譬如将月光装在酒壶里，用文火一起温来喝……此中有真意，乃是酒仙的境界。

有一次与朋友住在狮头山，每天黄昏时候在刻着"即心是佛"的大石头下开怀痛饮，常喝到月色满布才回到和尚庙睡觉，过着神仙一样的生活。最后一天我们都喝得有点醉了，携着酒壶下山，走到山下时顿觉胸中都是山香云气，酒气不知道跑到何方，才知道喝酒原有这样的境界。

有时候抽象的事物也可以让我们感知，有时候实体的事物也能转眼化为无形，岁月当是明证，我们活的时候真正感觉到自己是存在的，岁月的脚步一走过，转眼便如云烟无形。但是，这些消逝于无形的往事，却可以拿来下酒，酒后便会浮现出来。

喝酒是有哲学的，准备许多下酒菜，喝得杯盘狼藉是下乘的喝法；几粒花生米一盘豆腐干，和三五好友天南地北是中乘的喝法；一个人独斟自酌，举杯邀明月，对影成三人，是上乘的喝法。

关于上乘的喝法，春天的时候可以面对满园怒放的杜鹃细饮五加皮；夏天的时候，在满树狂花中痛饮啤酒；秋日薄暮，用菊花煮竹叶青，人共海棠俱醉；冬寒时节则面对篱笆间的忍冬花，用蜡梅温一壶大曲。这种种，就到了无物不可下酒的境界。

当然，诗词也可以下酒。

俞文豹在《历代诗余引吹剑录》谈到一个故事，提到苏东坡有一次在玉堂日，有一幕士善歌，东坡因问曰："我词何如柳七（即柳永）？"幕士对曰："柳郎中词，只合十七八女郎，执红牙板，歌'杨柳岸，晓风残月'。学士词，须关西大汉、铜琵琶、铁棹板，唱'大江东去'。"东坡为之绝倒。

这个故事也能引用到饮酒上来，喝淡酒的时候，宜读李清照；喝甜酒时，宜读柳永；喝烈酒则大歌东坡词。其他如辛弃疾，应饮高粱小口；读放翁，应大口喝大曲；读李后主，要用马祖老酒煮姜汁到出怨苦味时最好；至于陶渊明、李太白则浓淡皆宜，狂饮细品皆可。

喝纯酒自然有真味，但酒中别掺物事也自有情趣。范成大在《骖鸾录》里提到："番禺人作心字香，用素茉莉未开者，着净器，薄劈沉香，层层相间封，日一易，不待花萎，花过香成。"我想，应做茉莉心香的法门也是掺酒的法门，有时不必直掺，斯能有纯酒的真味，也有纯酒所无的余香。我有一位朋友善做葡萄酒，酿酒时以秋天桂花围塞，酒成之际，桂香袅袅，直似天品。

我们读唐宋诗词，乃知饮酒不是容易的事，遥想李白当年斗酒诗百篇，气势如奔雷，作诗则如长鲸吸百川，可以知道这年头饮酒的人实在没有气魄。现代人饮酒讲格调，不讲诗酒，袁枚在《随园诗话》里提过杨诚斋的话："从来天分低拙之人，好谈格调，而不解风趣，何也？格调是空架子，有腔口易描，风趣专写性灵，非天才不辨。"在秦楼酒馆饮酒作乐，这是格调，能把去年的月光温到今年才下酒，这是风趣，也是性灵，其中是有几分天分的。

《维摩经》里有一段天女散花的记载，正在菩萨为弟子讲经的时候，天女出现了，在菩萨与弟子之间遍洒鲜花，散布在菩萨身上的花全落在地上，散布在弟子身上的花却像粘黐那样粘在他们身上，弟子们不好意思，用神力想使它掉落也不掉落。仙女说：

"观诸菩萨花不着者，已断一切分别想故。譬如，人畏时，非人得其便。如是弟子畏生死故，色、声、香、味，触得其便也。已离畏者，一切五欲皆无能为也。结习未尽，花着身耳。结习尽者，花不着也。"

这也是非关格调，而是性灵。佛家虽然讲究酒、色、财、气四大皆空，我却觉得，喝酒到极处几可达佛家境界，试问，若能忍把浮名，换作浅酌低唱，即使天女来散花也不能着身，荣辱皆忘，前尘往事化成一缕轻烟，尽成因果，不正是佛家听谓苦修深修的境界吗？

金玉·财富·田

○
○
○

　　绑架台中市国中女生林晓芳的四名歹徒，被法院判处死刑，虽仍有一名在逃亡之中，被捕之后死刑也不可免。

　　看到这四名歹徒的犯行，一般人都心知其必死，但当死刑宣判之后，心里却有很深的感慨和悲悯。

　　原因是，这四个共同绑架的人竟是四兄弟，廖金田、廖金玉、廖金财、廖金富，他们都正当年轻力壮之时（年龄在廿五岁到卅七岁之间），在被处死刑之后，他们的父母亲友会如何的悲怆呢？他们原有五兄弟，将来只剩下唯一的弟弟走孤独的人生之路，真是情何以堪？

　　我们这个社会上为非作歹的人不在少数，被处死刑的人也所在多有，可是四个兄弟同时犯同一案件，同年同月同日死的，到底是非常罕见的。我曾想到一句古话："兄弟同心，其利断金。"如果四个年轻力壮的兄弟，愿意同心努力发展事业，在谋生容易的台湾，要挣到一千万的财富并不是多么艰难的事。

不要说一千万那么大的数目，如果肯安分守己地过日子，每个月合起来赚个十万元绝对不成问题，兄友弟恭、孝养父母，则幸福的生活是唾手可得的。如今，因为金田、金财一时生起贪念，拖兄弟下水，竟落得这样的下场，思之，令人感到无限悲戚。

从名字看起来，廖家父母对儿子的期待非常明显，四兄弟的名字合起来是金玉满堂、财富盈田，对于平凡的乡下父母，无不希望自己的子孙拥有财富，问题是，金玉、财富、田宅唯努力工作者得之，不义的人即使一时侥幸得到财富，最后也会耗尽，落得悲惨的下场。

我时常觉得，财富如果成为社会价值的衡量标准，那么这个社会就尚未迈入文明的道路，因为在这个世界上所有最好的东西全是财富买不到的，譬如说父子之间的慈孝，兄弟之间的友爱，乃至于爱情、友谊、义气、平安、快乐，也都是财富无能为力的。

所以，我们期许子孙的时候，希望他们能"金玉满堂、财富盈田"之外，应该让他们知道人生的价值有甚于此者，这样才不会被财富蒙蔽了眼睛，奔波于生死道上。

苏菲修行者有一个寓言，可以让我们沉思财富之为物：

从前有一个有钱人，非常有钱却非常不快乐，他经常想："一个人很有钱却很不快乐，一定是一种疾病了。"于是他希望去寻找一种药方来治疗自己的病。

这位富人去请教一位智者说："我很有钱却很不快乐，我相信这是一种疾病，请问您可不可以开一种药方，让我快乐。"

智者说："你这种病只有唯一的药方，就是去寻找这个世界上最快乐的人，借他的衬衫来穿，只要穿一下，你的病就好了。"

富人于是起程去寻找这世界上最快乐的人，他每遇到人就问一个问题："请问，您是这世界上最快乐的人吗？"这时他发现大部分的人都和他一样不快乐。只有很少数的人表示自己快乐，但他们总是说："我虽然快乐，但是我相信还有比我更快乐的人。"

富人寻找了很多年的时间，走过千万里，总找不到"世界上最快乐的人"，有一天他走到一个树林旁边，附近的人都告诉他："树林里住了一个世界上最快乐的人。"

他迫不及待地冲进树林，果然看到一位面目欣喜的人，安详地坐在地上，他问："听说您是世界上最快乐的人？"

那位欣喜的人说："是的，我是这世界上最快乐的人。"

"拜托您，我得了一种病，很有钱却很不快乐，有一位智者告诉我一个药方，就是借您的衬衫穿一下，我的病就会好了，请您赶快把衬衫脱下来借我！"

世界上最快乐的人突然哈哈大笑说："请你睁开眼睛看看，我是从来不穿衬衫的呀！"

富人当场大悟，立刻把自己的衬衫脱下来，追随那最快乐的人住在林中。

——传说，从此这个世界上有了两个最快乐的人。

这个故事原典出于苏菲修行者，它有很深的寓意，启示我们，唯有一个人能不染于财富的拥有，方能得到真实的快乐。

生命的快乐不在财富，这是非常重要的教育观点，特别是在重商、重财富的资本社会中，如果我们能让人人有这样的体会，说不定像廖家四兄弟这样的悲剧就可以减少发生。

世界的中心

○
○
○

　　最近，我到垦丁公园里的生态保护区"南仁湖"去小住两天。

　　南仁湖因为是管制区，一般人不容易进去，所以到现在还保有它原始纯净的面貌。南仁湖位于南仁山区，这个山区有丘陵、山谷、湖泊、溪流、山坡、草原、原始林等等不同的景观，其中最美的部分却是南仁湖及湖畔的草原。

　　这个占地非常大的湖泊，沿岸弯曲有致，四周的草原青翠而平坦，水草丰美，湖里有各种鱼类，每年到了冬季，过境的候鸟都在这里栖息。而且，这里的天空、山、云，乃至晚上的星月都有非凡之美，在南仁湖畔居住的两天，使我仿佛完全舍弃了红尘，进入一个天涯海角的净土。

　　在这广大的人间仙境里，只住了一户人家，这户人家共有四口人，一对中年的夫妻带着弟弟和孩子住在水泥平房里，我就是在他家借宿的。

　　这一户人家在深山的湖畔居住了二十多年，从前以种田为业，后来

125

改牧牛羊，现在养了七十几头牛和三百多只羊，由于牛羊采山间放牧，因此他们的生活单纯悠闲，并不忙碌，能住在风景那样优美的地方，真正是人间最幸福的事了。

可是让我最惊异的是，主人并不能感觉到那里的风景有什么优美，他还对我说："我真想搬到台北去住呢！"

他说："这里从前有十七户人家，有办法的人老早都搬出去了，只有我们这种找不到出路的人才住在这深山里呀！"言下颇有感慨之意。

本来，住在这远离尘嚣的地方，心里是可以非常明净安宁的，可是主人受不了明净与安宁，他告诉我，受了二十几年的寂寞，在这个月，他终于狠下心买了一部发电机，一台冰箱、一台彩色电视。一到了夜晚，燃烧柴油的发电机就轰然被抽响，震撼了整个山谷，然后一家人围在电视前面，看着遥远的山外发生的事故，新闻里无非是争战与残杀；连续剧里则是侠情、乱爱与纷扰；综艺节目是脂粉、电光与浮夸……

当发电机拉起的时候，我总是搬着竹凳，独自坐在黑暗的前庭，看明亮清澈的星月，看妖媚无比的山的姿影，看淡淡浮在湖面上的金光，以及不时流浪而过的萤火。

要一直等到电视的声音完全歇止，主人才会搬一张椅子出来，陪我喝茶。

我看着主人因工作而满布着风霜的脸，想到在这么幽深宁静的山中，他们渴望着外面繁华世界的消息，原是无可厚非的，如果是我们住在这样的山里，面对着变化微小、沉默不语的湖与山，我们是不是也会渴盼着能知道山外的红尘呢？答案是非常肯定的。

你从哪里看这个世界？

非但如此，我发现住在这山中唯一的人家，他们并不是很亲和的，由于重复而单调的工作，使他们难以感受到生活中的悦乐，脸上自然地带着一丝怨气。由于家庭成员的关系过度亲密，竟使他们无法和谐地相处，不时有争吵的场面，争吵当然也不是很严重的，很快像山上的乌云飘飞而过，但过于密集的争吵，总不是好事。

从南仁湖回来以后，我开始思考起人根本的一些问题，这一户居住在极南端边地里的人家，在我们看来他们是住在世界的边缘了，可是他们却终日向往着繁华的生活，他们的身虽在边地，心却没有在边地。

他们一家四口人，每人都认为自己是中心，难以退让，所以才会不时地发生争吵。

在我的眼中，南仁湖是世界上少见的美景，能住在那里不知道是几世修来的福气，可是他们不能欣赏那里的美，也不觉得是福气，他们的心并不能和那里明净的山水相应。反过来说，我虽住在城市，我的心并不能与电视相应，反而他们住在原始林中，竟能深深地和电视产生共鸣，这到底是什么道理呢？

他们也同样对我有着疑惑的，女主人每天做菜的时候，总是要问我一次："你年纪这么轻，为什么要吃素呢？"甚至还对我说，他们住在山里二十多年，我是第一位吃素的客人，令他们感到相当意外。

还有一次，我坐在屋前的竹林中看飞舞采花的黄裳、青斑、白斑不同的蝴蝶入神的时候，主人忍不住坐到我的身边，问我："你一直说这里的风景很美很美，到底你是从哪里看的呢？"我大大地吃了一惊，指着面前的蝴蝶说："这不是很美吗？"他看了一下，茫然地笑着，起身，走了。

到底你是从哪里看的呢？

是看山、看云、看湖、看星，还是看水鸟呢？

我自己也这样问着，并寻找答案，最后我找到的答案，几乎全不是眼前的景色，而是因为心，我是从心里在看着风景的。

有一天，如果我避居在南仁山，我可以看到它最美丽的一面。但是现在，我居住在城市，我也同样能领略城市之美。问题不在南仁山、不在城市、不在任何地方，而在心眼。

这就像垦丁的一位朋友告诉我，他开车开了十几公里，带一个官员到龙坑去看海浪，官员看了半天对他说："这也没什么，只不过是海浪而已。"

我的朋友本来想问："那，你想看什么呢？"

后来，他没有那样问，而问说：

"你能看什么？你会看什么呢？"

南仁山的经验使我知道，不只是人，不只是山水，甚至整个世界，它的中心就是人心。

我坐的椅子就是世界中心

人心是世界乃至宇宙无限的中心，这是一个多么大的发现。

从前，古埃及人认为孟菲斯是世界的中心，希腊人则认为德尔菲是世界的中心，英国人却认为世界的中心在伦敦的堪培拉花园。中国人则认为世界的中心在长安，罗马帝国时代认为世界的中心在万神殿。甚至连非洲人都以为世界的中心在非洲。

这并不是由于无知或愚昧，一直到现在，美国人认为世界的中心在华盛顿，俄国人却认为是在莫斯科。

在地球刚被发现是圆形的时候，地球人认为地球是宇宙的中心，后来发现地球绕日而行，才勉强承认太阳是太阳系的中心。后来又发现宇宙有无数的星云漩系，又不能确定什么才是宇宙的中心了。

其实，这种自认是中心的观点并没有错，因为地球是圆的，不管以哪一点为定点，它都可以是中心，都可以万法归一。不要说长安、罗马、孟菲斯、德尔菲，就是我现在坐的这张椅子，也可以说是世界的中心。

再从宇宙无限的观点来看，上下四方既无尽头，说地球是中心又有什么错呢？

这是从空间来看的。再从时间来看，从大的角度说，历史上每一个时代的人，都把自己那个时代看成是世界历史的中心，要"承先启后"，要"继往开来"，要"为往圣继绝学，为万世开太平"，甚至要"前不见古人，后不见来者，念天地之悠悠，独怆然而泪下"。虽然我们从大格局来看，许多时代是平淡平凡的，可是他们那一代的人在那个时候，却都认为那是"轰轰烈烈的大时代"。

再从个人来说，每个人都免不了认为自己的时间过程最重要，我们是儿童时，认为世界应以儿童为中心；我们是青年时，认为世界不够照顾青年；我们是中年时，往往看不惯前卫的青年和保守的老年，认为中年人才能创造世界；我们是老年时，总会埋怨世界不敬老尊贤，或者批评老人福利办得不好。

我们是青年时，谁想过老人福利的问题呢？

所以说，不管是从空间或时间来看，我们自己就可以说是世界的中心，或者说每个人认为自己是世界中心而不肯承认。这是我们这个世界的实相，但也是这个世界的空相，因为时过境迁，中心就未必是中心，而换一个角度，中心又成为边地了，这不是一切成空吗？

世界的中心其实不是地理上、历史上的，世界的中心就是一个人的心之实相。

在佛教经典里，对世界中心乃至宇宙中心是人心早就有深刻的见解，佛陀在《楞严经》里曾对阿难说："中何为在？为复在处？为当在身？若在身者，在边非中，在中同内。若在处者，为有所表？为无所表？无表同无，表则无定。何以故？如人以表，表为中时，东看则西，南观成北，表体既混，心应杂乱。"

在《维摩经》里，维摩诘对弥勒菩萨说："弥勒，世尊授仁者记，一生当得阿耨多罗三藐三菩提，为用何生得受记乎？过去耶？未来耶？现在耶？若过去生，过去生已灭，若未来生，未来生未至，若现在生，现在生无住。如佛所说：比丘！汝今即时亦生亦老亦灭。"

前一段经文是空间的，后一段是时间的，中心在哪里呢？并不在时空，而是在人的心性。近代思想家张铁君曾由这两段经文演义，写出极明白的两段话来讲时空，他说：

其实天下的中央并不一定，在地平面上处处皆中处处非中，只视乎以何地作为四围而定。东西南北莫不如此。如谓此地为北，则北之北，尚有北在。以北之北来看北，则北又为南。如谓北地为南，则南之南，尚有南在。以南之南来看南，则南又为北。东西也是如此，所谓远东，不过以欧西的国家为坐标，在中国人看来，东方而已，何有于远？中国的远东应该是美洲才对。可证空间本无方位，南北不过随人而定。

时间过去的过去了，未来的尚没有来，现在的刹那间即已消逝，而且刹那又在哪里？照这样看，哪里有过去？有未来？又哪里有现在？因而无古无今，无旦无暮，时间只不过是一条无始无终连绵不断的长远罢了。

到这里，是不是让我们更见到心的实相呢？

《楞严法要串珠》说："当知虚空生汝心内，犹如片云点太清里。况诸世界，在虚空耶。汝等一人发真归元，此十方空，皆悉销殒。圆明精心，于中发化。如净琉璃，内含宝月。圆满菩提，归无所得。"

在佛经里，人的心性可以与虚空相应，可以大如虚空，所以说虚空在心里，世界还在虚空之中，人心就大过世界了。但这是从大处说，如果从小处着眼，每一个凡夫的心也都是世界的中心，即使不能改变大世界，对自己所居住的小世界仍有决定性的影响。

所以，在佛教里说，在最深沉黑暗的地狱中焚烧众生的烈火，当地藏菩萨走过时都化成艳丽的红莲花；在大菩萨的眼中，森罗地狱就是春色满园的净土，有什么不能呢？

人心就是世界

近几年来，社会治安一天比一天败坏，已经到了让人痛心疾首的地步，尤其是今年，每天打开报纸的社会版，总会感到内心深处一阵抽紧，为什么那些残暴无比的凶案竟会每天发生呢？这个社会到底在什么地方出了问题呢？

许多专家告诉我们，要改革社会的不安应该从家庭、学校、社会的教育着手，并且要加强警力，改变社会奢侈淫靡的风气等等。可是当我们发现受过高等教育的知识分子因一念之瞋可以举刀杀人，因一念之痴而自戕身命；尤其是连警察人员也常因一念之贪而贪污抢劫、伤人害命时；我们就知道问题不是那么简单。

家庭、学校、社会教育的重点又在哪里呢？也在人心！

佛教思想的基础，就是从心的认识与觉悟开始的，佛陀早就告诉我们，一个人要成为什么样子，他现在的宿命，未来的道路，都是心的缘起，从出世法说，心的清净可以使人超出三界，成圣果、证法身；从入世法说，心的清净可以使社会平安、国家安泰、世界和平。

佛经常说："心取罗汉，心取天，心取人，心取畜生虫蚁鸟兽，心取地狱，心取饿鬼作形貌者，皆心所为。"

一个人、一个社会、一个国家的败坏，简单地说，就是心所染着，不能清净，心的染着因素则是贪、瞋、痴、慢、疑，我们打开报纸，让我们触目惊心的事件，无不是贪瞋痴慢疑所造成的呀！

使人心清净的力量不在教育，而在信仰；不在知识，而在因果；不在科学，而在宗教。有了信仰才能心有所敬，有了因果才能心有所畏，有了宗教才能心有所安。知所敬畏就不敢胡作非为，平安自在才能为理想、为利他而奉献自我。

世界的中心是人心，人心的中心是宗教。民国初年的高僧倓虚法师在他的《影尘回忆录》里说：

"佛法维系着每一个人的人心，像一根细长的灯芯子，人心似一个添满了慧油的灯盏，燃起了人心灯中的灯芯子，放出无尽的光明，照耀着整个世界（乃至无边的世界）。可是如果把灯芯子抽去不要，灯就立时熄灭不亮了。换句话说，如果使人心失去了佛法的教化，抽掉了因果理的维系，人心也就肆无忌惮，败坏到不可收拾了。"

人心其实不只是世界中心，人心就是世界！

——微尘中，见一切法界

从"南仁山"离开的那天清晨，我特别跑到种着一片红色睡莲的湖畔，看莲花在清晨的眸光中开起，一行栖在山头的白鹭鸶也被曦光唤起，在山谷中优雅地盘飞着。白鹭鸶绕过之处，小雨蛙纷纷从莲叶跳入湖中，一圈极细小的涟漪一直向四周扩散，终于扩散成为一个极大的圆周。

我想，人心也是这样的。

面对再好的莲花、再美的水色，如果不能静虑，有澄澈的心去感受与对应，一切都是惘然。

我想起《华严经》里的一段经文：

善男子！

当知自心，即是一切佛菩萨法；

由知自心即佛法故，则能净一切刹，入一切劫。

是故善男子！

应以善法，扶助自心；

应以法雨，润泽自心；

应以妙法，治净自心；

应以精进，坚固自心；

应以忍辱，卑下自心；

应以禅定，清净自心；

应以智慧，明利自心；

应以佛德，发起自心；

应以平等，广博自心；

应以十力[1]，四无所畏[2]，明照自心。

我们都是十方世界里的善男子与善女人，在这广大无边际的时空之中，我们可能是渺小的，无法含水泼熄世界燃烧的火焰，也不能以安静来止息世界的喧吵纷扰，但只要我们的心香光庄严，觉性遍满，就能使世界其光遍满，无坏无杂。

> 于此莲花藏，世界海之内；
> 一一微尘中，见一切法界。

——《华严经卢舍那品》里不是这样说过吗？在这宝莲花所结遍的佛净土上，在这世界广大的土地与大海之内，每一点滴最小的尘埃中，也可以看到一切的法界呀！

这是多么超拔美丽的境界，人心之小可以小到微尘一般，人心之大则大到遍满莲花藏的世界。

那么，善男子！善女人！坐下来，止静禅定，回来观照自己的心吧！

---

1 十力：知觉处非处智力、知三世业报智力、知诸禅解脱三昧智力、知诸根胜劣智力、知种种解智力、知种种界智力、知一切至所道智力、知天眼无碍智力、知宿命无漏智力、知永断习气智力。

2 四无所畏：总持不忘，说法无畏；尽知法药，及知众生根欲性心，说法无畏；善能问答，说法无畏；能断物疑，说法无畏。

快乐真平等

○
○
○

　　有一个社团来请我演讲，令我感到意外的是，这社团参加的人至少都拥有上亿的财富。

　　我从来没有为这么有身价的人演讲过，便询问来联络的人："这些有财富的人要知道什么呢？"

　　"因为他们拥有太多的财富，有一些人已经失去快乐的能力！"

　　"怎么会呢？有钱不是很好的事吗？"我感到疑惑，可能是我从未想象有那么多财富，因而无从理解。

　　"会呀！一般人如果多赚一万元会快乐，对有十亿财产的人，多赚一百万也不及那样快乐。有钱人吃也不快乐，因为什么都吃过了，不觉得有什么特别好吃。穿也不快乐，买昂贵衣服太简单，不觉得穿新衣值得惊喜。甚至买汽车、买房子、买古董都是举手之劳，也没有喜乐了。钱到最后只是一串数目字，已经引不起任何的心跳了。"

不只如此，这位有钱人的秘书表示，富有的人由于长时间的养尊处优，吃过于精致的食物，缺乏体力的劳动，普遍的健康都亮起黄灯和红灯，高血压、心脏病、糖尿病者比比皆是。

他说："林先生，到底有什么方法可以让有钱的人也得到快乐，拥有健康的身心呢？"

这倒使我困惑了，这世界上似乎有许多的药方，以及祖传的秘方，却没有一种是来治愈不快乐的，如果有人发明了这种秘方，他可能很快变成富有的人，连自己都会因财富而失去快乐的能力了。

我时常觉得，这世界在最究竟的根源一定是非常公平的，这不只是由于佛教的因果观点，而是一个人在一生中所能享有的福气有限，一旦在某方面有所得，在另一方面必然会有所失。虽然一个人也可能又有财富，又有权势，又有名声，又有健康，又有娇妻美眷，又能快乐无忧，但这种人千万不得一，大部分人都是站在跷跷板上，一边上来，另一边就下去了。

对于富人的问题，宋代思想家林逋在《省心录》中说："安乐有致死之道，忧患为养生之本。"又说："心可逸，形不可不劳；道可乐，身不可不忧。"意思是在生活上适度的欠缺，其实是好的，适度的劳动或忧患，不仅对人的身心有益，也才能体会到幸福的可贵。《左传》里说得更清楚："善人富谓之赏，淫人富谓之殃。"（和善清净的人富有了，是上天的奖赏，纵欲淫邪的人富有了，正是灾祸的开始。）

清朝的魏源在《默觚下》中说："不幸福，斯无祸；不患得，斯无失；不求荣，斯无辱；不干誉，斯无毁。"对得失与代价的关系说得真好。生活的喜乐也是如此，想想幼年时代物质缺乏严重，不管吃什么都好吃，穿什么新衣都开心，换了一床新棉被可以连续做一个月的好梦——事实上，在最欠缺的时候，一丝丝小小的得，也就有无限的幸福；什么都不缺的时候，却是幸福薄似纱翼的时候呀！

我很喜欢李商隐的两句诗："欲就麻姑买沧海，一杯春露冷如冰。"（我想向麻姑仙子那里把沧海买下来，没想到她的沧海只剩下一杯冰冷的春露。）我们在人生历程的追求不也如此吗？财富、名位都只是一杯冰冷的春露！

但富人不是不能快乐，只要回到平凡的生活，不被财富遮蔽眼睛，开展出人的真价值，多劳作、多流汗；培养智慧的胸怀，不失去真爱与热情，则人生犹大有可为，因为比财富珍贵的事物多得是。

如果埋身于财富，不能解脱，那么"末大必折，尾大不掉。"（树枝末梢太粗大，树干一定折断，动物的尾巴太大了，就不能自由地摇动了。——语出《左传》）如何能有快乐之日？心里不自由，身体自然难以健康了。

不过，我对富者的建议，可能是不切实际的，因为我不是富人，无从知悉他们的烦恼。

假如富人也还是人，我的意见就会有用了。站在人本的立场，这世间的快乐和痛苦还真平等呢！

严肃，是一种病

今年的诺贝尔文学奖得主大江健三郎，作品以艰涩难读著称，但是他的个性却温和幽默，他的生活明朗、作品沉郁，这两种完全不同的特质交集，源于他有一个智障的儿子大江光。

大江健三郎的青年时代就以"文学"作为人生的第一个壮志来追求，年轻时就受到日本文坛的瞩目。没想到三十一岁时生下第一个孩子大江光，是一个头盖骨不全的重度智障儿。

根据大江健三郎的回忆，大江光是出生在广岛，当时广岛正在举行反核大游行，健三郎怀着混乱的心情去参加。大会之后，一群原爆牺牲者的亲属，聚集在河边追悼死者，并为死去的人放河灯，他们把死者的名字写在灯笼上，随水漂流。

当时怅望河水，被绝望心情包围的健三郎，也为大江光写了一个河灯，随水流去，在心里希望，自己的孩子就那样死去。

随后不久，大江健三郎去访问原爆医院，听院长告诉他，医院里有一些年轻医生，由于触目所见，都是求生不得、求死不能的病人，自己又不能为病人解除痛苦，终于积郁自杀。造成身受痛苦的病人挣扎求生，身无病痛但过度严肃的医生反而自杀的荒谬情况。

大江健三郎听了大有所悟，回东京后立刻请医生为大江光开刀，并立下第二个人生的壮志：与大江光共同活下去。

大江光虽是智障儿，又犯有严重的癫痫，在父母细心的照护下，不只心灵澄明无染，对音乐还有超凡的才华。如今出版两张个人的音乐专辑"大江光的音乐"、"萨尔斯堡"，引起日本乐坛的震撼，甚至被喻为"日本古典乐坛的奇葩"。

在大江健三郎获得诺贝尔文学奖后的一场演讲会，他对听众自嘲说："据说我儿子的音乐所以受到欢迎，是因为有催眠曲的效果，如果有人听了大江光的音乐还睡不着，就请看我的书吧！"

我读了大江健三郎的报道，心里突然浮起"严肃，是一种病"这句话，就像在原爆医院自杀的医生一样，他们的严肃所带来的伤害反而比受辐射的病人严重得多。一个人对待生活过于严肃，甚至可以严重到失去生命的意趣呢！

最近在柏林影展获得最佳女主角奖的喜剧演员萧芳芳，她认为即使最严肃的题材也要有幽默感，她说："我对喜剧是情有独钟的，因为人生已经够苦了，能够带给别人欢乐，是一件好事。"

萧芳芳在实际生活中也饱受打击，她幼年丧父，少女时代经历过不顺利的婚姻，中年罹患了严重耳疾，即便在得奖的时刻还照顾着患了老年痴呆症的母亲。

虽然生命有这么多的历练，由于萧芳芳有幽默感，使她保有充沛的创造力，总是那么可亲、喜悦、优雅，远非只靠美貌的女星可比。

当今之世最长寿的人瑞法国女子尚妮·加蒙，最近度过一百二十岁的生日，路透社的记者问她长寿的秘诀，她说："常保笑容，我认为这是我长寿的要诀，我要在笑中去世，这是我的计划之一。"

她对疾病、压力、沮丧有绝佳的抵抗力，对每件事都感兴趣但又不过于热衷。一直到一百二十岁，还保持极佳的幽默感，既乐天，又喜欢开玩笑，她说："我总共只有一条皱纹，而我就坐在它上面。""我对凡事都感兴趣。""上帝已忘了我的存在，他还不急着见我，他知我甚深。"

能一直轻松喜乐地活到一百二十岁，真是幸福的事，想一想，有许多人才二十岁就活得很不耐烦了呢！

听说日本这几年兴起一种补习班，叫作"微笑补习班"，许多人都缴费去学习微笑，那是因为在现代社会，人们早就忘记该怎么欢笑了。

微笑还需要补习，其中实有深意，因为微笑人人都会，但许多人都留在"技术层面"，有的是"皮笑肉不笑"，有的是"肉笑心不笑"，如果要"从心笑起"，就需要学习了。

想要"从心笑起"，大概要具备几个基本的品质，一是游戏的心情，二是包容的胸怀，三是幽默的态度。

没有游戏的心情，就会对苦乐过于执着、对成败过于挂怀，便难以在苦中作乐，品尝生命的真味。

没有包容的胸怀，就会思想僵化、不能容纳异见，难以接受批评，把别人视为寇仇，处处设限，也就难以日日欢喜了。

没有幽默的态度，就不懂得自嘲，不知甘于平凡，也不会对世事一笑置之，就会常画地自限，想不开了。

严肃，真的是一种病，那些外表严肃、内心充满怨恨的人，是生病了。那些以自我为中心、不能轻松的人，是生病了。那些执着于财势名位、不能放下的人，也是生病了。

如果严肃真的是一种病，现代人大部分是生病了，只是轻重缓急的不同罢了。

我们应该认识这种病，革除这种病，让我们懂得笑、懂得游戏、懂得包容、懂得轻松和幽默。

每天早晨，和我们会面的熟人真情一笑，和我们错身而过的陌生人点头微笑；或者，拯救社会就是从这里做起呢！

"人生已经够苦了，能够带给别人欢乐，是一件好事。"

本来面目

我常常觉得在现代社会里，真实的人愈来愈难见了。

所谓"真实的人"，就是有风格的人、特立独行的人、卓尔不群的人、不随同流俗的人——也就是对生活有一套自己的看法，对生命有一个独立的理想目标的人。

这样的人在古代颇为常见，即使到二十世纪三〇年代，中国还出过许多有风格的人，我把这种人称之为"本来面目"，这"本来面目"就像古代的禅师对山说："山啊！请脱掉披覆在你外表的雾衣吧！我喜欢看你洁白的肌肤。"

遗憾的是，我们现代人往往忘失了原来的洁白肌肤，而在外表披覆了雾衣，所以当我们说"古道照颜色，典型在宿昔"的时候特别感触良深，为什么颜色都在古道，典型都在宿昔，我们这一代的人有什么颜色？什么典型呢？

有时候我会想：为什么现代人既没有颜色，也没有典型？然后自己拟出了两个答案，一个是现代人失去了单纯的生活，也失去了单纯的对生命理想的热爱。一般大人物的一天固然是案牍劳形、送往迎来、酬酢交错、演讲开会，二十四小时里难得有十分钟静下来沉思，对生活与生命的本质就难以了然。而小人物呢，为了三餐奔波辛劳，为了逢迎拍马费心，为了物欲享受而拼命，虽然空闲较多，但是夜间或在秦楼酒馆流连，或在家里盯着电视不放，更别说静下来思想了。

这真是个社会的危机，我时常到乡下去，发现如今的乡下人不再是"日出而作，日入而息"，而是跟随着电视作息，到半夜才入眠；都市人更不用说了——为什么没有人能静静地坐上几分钟、一小时呢？

一个是现代人常强人所难和强己所难。我们常看到一种情况，一桌酒席下来，主客喝了十几瓶洋酒，请的人心疼不已，仍勉强自己请之；被请的人过意不去，仍勉强别人请之，然后说这是尽兴。

推而广之，是自己不愿做的事推给别人做，或者别人不肯做的事推给自己做。可叹的是，我们做一件事的原因，往往是别人喝完一杯咖啡时，在白纸上写下我们的名字，有时候因为这样决定了我们的一生，反之亦然。所以我们在写下一个名字时，是不是也站在别人的立场想一想呢？

我们的本来面目，就因为生活不能单纯，因为强人所难与强己所难而失去了，久而久之就像同一厂牌的原子笔，每一支虽是独立的个体，而每一支都一样。这像禅宗说的"白马入芦花"，有的人明明是白马，入芦花久了，白白不分，以为自己是芦花了。

也像是"银椀里盛雪"，本来是银椀的人为雪所遮，时日既久，自以为雪，而在时间中溶化了。

本来面目非常重要，只有本来面目，才能使我们做一个完整的人，做一个自在的人，以及做一个独立和成功的人。

还我本来面目的第一件事是一天花十五分钟坐下来想想：我是谁？我从哪里来？我要往哪里去？现在的生活是不是我要的？什么生活才是我要的？

　　然后，我们才有机会做一个有风格的人，做一个真实的人，做我自己。

脱下华服

○
○
○

万事无如退步休，

本来无证亦无修；

明窗高挂多留月，

黄菊深栽或得秋。

——慈受怀深禅师

最近与一些经商的朋友聊天，话题总是脱离不开经济不景气，经济不景气对上班族的影响可能不大，对于中小企业的负责人影响却很大，要面临减产、停产，甚至结束营业的困境。

比较欣慰的是，虽然目前的经营面临困境，基本的生活所需在短期内还不会有问题，只是出手不能像从前阔绰大方了。

朋友问我的看法，及因应之道，我说："这就像我们中年发福一样，从前的旧裤子勉强可以穿，但穿了不舒服，没有余钱买新裤子，旧裤子也不能改，只有减肥去穿旧裤子了。"

"为了穿从前的旧裤子而减肥，不是笑话吗？"朋友说。

"是呀！但是如果要选没有裤子穿，或减肥来适应旧裤子，也只有选择后者了。"我说。

从前的台湾经济确实像一个人突然身材发福一样，看起来体面，身体却没有从前硬朗结实；而为了掩饰自己虚胖的身材，不免要在外表上讲究，就好像许多中年人开名车、用名牌、住华屋，平白增加许多额外的负担。现在负担不起了，当然要把身外的东西放下，回来锻炼身体，只要体质强健，布衣粗食也一样过，我们不都是从布衣粗食开始的吗？再回到布衣粗食不但没什么可怕，对体质不佳的中年人健康反而有益。

我对朋友说："不用担心，尽心支撑就是了，你又有厂房、有住宅，手上的腕表卖了可以吃几个月，开的车子卖了可以吃一年，满橱子的衣服一生也穿不完，究竟怕什么呢？"

其实，我们担心的是不能像从前那么享受了，可是，从前的从前，我们三餐都是番薯签配菜干，不也是长大成人吗？台湾话有一句俗语说："穿皮鞋的跑不过打赤脚的。"那是由于穿了皮鞋，负担大、顾虑多，往往不能像打赤脚的人无所畏惧、勇往直前，现在情势逼得我们不能不赤脚，说不定正是加速快跑的好时机呢！

对于环境和社会我一向都抱持正面的看法，那是由于我曾经生活过四〇到五〇年代的台湾农村，吃番薯叶子、穿肥料袋子、住土块房子、点臭油灯仔，甚至一年只有一条裤子的岁月，生活虽然贫困，却是心安理得，不觉得有艰难与恐惧，那么，现在还怕什么呢？

我想到日本有一位桃水禅师，他的法席很盛，许多学生千里迢迢来跟他学禅，但学生往往不能承受他严格的考验，大多半途而废，桃水禅师非常失望，有一天突然从他住持的寺院失踪了。

三年后，他被一位门人偶然发现和一群乞丐在京都的一座桥下，门人立刻向他顶礼，请求他指示禅法，桃水说："如果你能像我一样，在这里住几天，我就可以教你。"

这个学生欣喜若狂，立刻脱下华服和桃水、乞丐住在一起，第二天，同住的乞丐死了一人，桃水和门人在午夜把那人的尸体抬到山边埋了，仍然回到桥下睡觉。桃水倒头便呼呼大睡，门人却失眠了，他为人的死而感伤，也不明白桃水如何能若无其事地睡去。

第二天天亮，桃水很高兴地对门人说："真好！那个死了的同伴还留下一些食物，我们今天不必出去乞食了。"

然后，他把乞丐的食物拿来分成两半，自己很有兴味地吃起来，门人却一口也不能吞咽，桃水吃完了，对门人说："我曾说过你无法跟我学习的。"

门人不禁默然，桃水挥挥手说："你走吧！"门人于是向桃水黯然拜别了。

这个故事极有深意，桃水的学生虽然脱下身上的华服，却未能脱下心里的华服，因而不能安于一无所有的日子。我们或许无法做到像桃水一样，但脱下一些华服与身段并不困难。

平常我们的日子过得舒坦；劝人放下是很难的，到了紧急的时机，放下也就变得理所当然，经济不景气之于人生，或者是令人苦痛的经验，但经济萧条对于禅悟，或者正是大破大立的时机。

留一只眼睛看自己

○
○
○

欲识永明旨，

门前一湖水；

日照光明生，

风来波浪起。

——永明延寿禅师

日本历史上产生过两位伟大的剑手，一位是宫本武藏，另一位是柳生又寿郎，这两位的传记都曾经在台湾出版，风靡过一阵子。柳生又寿郎是宫本武藏的徒弟，关于他们的故事很多，我最喜欢其中的一则。

柳生又寿郎的父亲也是一名剑手，由于柳生少年荒嬉，不肯受父教专心习剑，被父亲逐出了家门，柳生于是独自跑到一荒山去见当时最负盛名的剑手宫本武藏，发誓要成为一名伟大的剑手。

拜见了宫本武藏，柳生热切地问道："假如我努力学习，需要多少年才能成为一流的剑手？"

武藏说："你全部的余年！"

"我不能等那么久，"柳生更急切地说，"只要你肯教我，我愿意下任何苦功去达到目的，甚至当你的仆人跟随你，那需要多久的时间？"

"那，也许需要十年。"宫本武藏说。

柳生更着急了："呀！家父年事已高，我要他生前就看见我成为一流的剑手，十年太久了，如果我加倍努力学习，需时多久？"

"嗯，那也许要三十年。"武藏缓缓地说。

柳生急得都要哭出来了，说："如果我不惜任何苦功，夜以继日地练剑，需要多久的时间？"

"嗯，那可能要七十年。"武藏说，"或者这辈子再也没希望成为剑手了。"

柳生的心里纠结着一个大的疑团："这怎么说呀？为什么我愈努力，成为第一流剑手的时间就愈长呢？"

"你的两个眼睛都盯着第一流的剑手，哪里还有眼睛看你自己呢？"武藏平和地说："第一流剑手的先决条件，就是永远保留一只眼睛看自己。"

柳生又寿郎满头大汗地爆破疑团了，于是拜在宫本武藏的门下，并做了师父的仆人。武藏给他的第一个教导是：不但不准谈论剑术，连剑也不准碰一下；只要努力地做饭、洗碗、铺床、打扫庭园就好了。

三年的时光就这样过去了，他仍然做这些粗贱的苦役，对自己发愿要学习的剑艺一点开始的迹象都没有，他不禁对前途感到烦恼，做事也不能专心了。

三年后有一天，宫本武藏悄悄蹑近他的背后，给他重重的一击。

第二天，正当柳生忙着煮饭，武藏又出其不意地给了致命的扑击。

从此以后，无论白天晚上，他都随时随地预防突如其来的袭击，二十四小时中若稍有不慎，便会被打得昏倒在地。

过了几年，他终于深悟"留一只眼睛看自己"的真谛，可以一边生活一边预防突来的剑击，这时，宫本武藏开始教他剑术，不到十年，他成为全日本最精湛的剑手，也是历史上唯一与宫本武藏齐名的一流武士。

这个故事里隐含了很深刻的禅意，禅者不应把禅放在生活之外犹如剑手不应把剑术当成特别的东西。剑手在行住坐卧都可能遇到敌人的扑击，禅者也是一样，要随时面对生活、烦恼、困顿的扑击，他们表面安住不动，心中却是活泼灵醒能有所对应，那是由于"永远保留了一只眼睛看自己"呀！

宫本武藏在日本剑道和武士道都有很崇高的地位，那是由于他不只局限于剑术，他还是一个很杰出的画家和书法家，他有一幅绘画作品绘的是"布袋和尚观斗鸡"，以流动的泼墨画了微笑的布袋禅师看两只鸡相斗的情景，题道"无杀事，无杀者，无被杀，三者皆空"，很能表达他对剑术与人生的看法。

对于一个武士，拿刀剑是一种修行，是通向觉悟的手段，一个随时随地都可能死掉的武士，他还要在其中确立自己的人格，觉悟与修行、定力与意见就变成多么急迫！我们不是拿剑的武士，不过，在人生的流程中，人人都是面对烦恼与不安的武士，如何以无形之剑，挥慧剑斩情丝，截断人生的烦恼，不是与武士一样的吗？

最近读了一本美国作家汉乔伊（Joe Hyams）写的《武艺中的禅》，把武术、剑道与禅的关系做了精辟的分析，他写到几个值得深思的观点：

一是武师所遇到的对手，与其说是敌人，不如说是自己的同伴，甚至是自己的延伸，可以帮助我们更充分地认识自己。

二是虽然大部分武艺高手都花了好几年时间练几百种招数，但在决斗时，实际经常使用的招数只有四五种。他一点思考的时间都没有，只是用心去对应。

三是武师的心要经常保持流动的状态，不可停在固定招数，因为对手出击的招数是不可预测的，当心停在任何固定招数，对武师而言，接下来就是死！

对禅者也是如此，我们生命面对的苦恼不是我们的敌人，而是自己的延伸，应该透过烦恼来认识自我；我们可能遍学一切法门，但必须深入某些法门，来对应生命的决斗；我们应该"无所住而生其心"，因为生活不能如预期，无常也不可预测，如果我们的心执着停滞了，那就是死路一条。

这些训练的开端就是"留一只眼睛看自己"呀！

第四辑

走向千山万叠的风景

一粒贝壳，也使我想起

在海岸居住的一整个春天，

那时我还多么少年，有浓密的黑发，

怀抱着爱情的秘密，天天坐在海边沉思。

岁月的灯火都睡了

前些日子在香港，朋友带我去游维多利亚公园，我们黄昏的时候坐缆车到维多利亚山上（香港中国人称为太平山）。这个公园在香港生活是一个异数，香港的万丈红尘声色犬马看了叫人头昏眼花，只有维多利亚山还保留了一点绿色的优雅的情趣。

我很喜欢上公园的铁轨缆车，在陡峭的山势上硬是开出一条路来，缆车很小，大概可以挤四十个人，缆车司机很悠闲地吹着口哨，使我想起小时候常常坐的运甘蔗的台糖小火车。

不同的是，台糖小火车恰恰碰碰，声音十分吵人，路过处又都是平畴绿野，铁轨平平地穿原过野。维多利亚山的缆车却是无声，它安静地前行，山和屋舍纷纷往我们背后退去，一下子间，香港——甚至九龙——都已经远远地抛在脚下了。

有趣的是，缆车道上奇峰突起，根本不知道下一刻会有什么样的视野，有时候视野平朗了，你以为下一站可以看得更远，下一站有时被一株大树挡住了，有时又遇到一座三十层高的大厦横生面前。一留心，才发现山上原来也不是什么蓬莱仙山，高楼大厦古堡别墅林立，香港的拥挤在这个山上也可以想见了。

缆车站是依山而建，缆车半路上停下来，就像倒吊悬挂着一般，抬头固不见顶，回首也看不到起站的地方，我们便悬在山腰上，等待缆车司机慢慢启动。终于抵达了山顶，白云浓得要滴出水来，夕阳正悬在山的高处，这时看香港因为隔着山树，竟看出来一点都市的美了。

香港真是小，绕着维多利亚公园走一圈已经一览无遗，右侧由人群和高楼堆积起来的香港、九龙闹区，正像积木一样，一块连着一块，好像一个梦幻的都城，你随便用手一推就会应声倒塌。左侧是海，归帆点点，岛与岛在天的远方。

香港商人的脑筋动得快，老早就在山顶上盖了大楼和汽车站；大楼叫"太平阁"，里面什么都有，书店、艺品店、超级市场、西餐厅、茶楼等等，只是造型不甚调和。汽车站是绕着山上来的，想必比不上缆车那样有风情。

我们在"太平阁"吃晚餐，那是俯瞰香港最好的地势，我们坐着，眼看夕阳落进海的一方，并且看灯火在大楼的窗口一个个点燃，才一转眼，香港已经成为灯火辉煌的世界。我觉得，香港的白日是喧哗让人烦厌的，可是香港的夜景却是美得如同神话里的宫殿，尤其是隔着一脉山一汪水，它显得那般安静，好像只是点了明亮的灯火，而人都安息了。

我说我喜欢香港的夜景。

朋友说："因为你隔得远，有距离的美，你想想看，如果你是那一点点光亮的窗子里的人，就不美了。"他想了一下说："你安静地注视那些灯，有的亮，有的暗，有的亮过又暗了，有的暗了又亮起来，真是有点像人生的际遇呢！"

我们便坐在维多利亚山上看香港九龙的两岸灯火。那样看人被关在小小的灯窗里，人真是十分渺小的，可是人多少年来的努力竟是把自己从山野田园的广阔天地上关进一个狭小的窗子里，这样想时，我对现代文明的功能不免生出一种迷惑的感觉。

朋友并且告诉我，香港人的墓地不是永久的，人死后八年便必须挖起来另葬他人，因为香港的人口实在太多了，多到必须和古人争寸土之地——这种人给人的挤迫感，只要走在香港街头看汹涌的人潮就体会深刻了。

我们就那样坐在山上看灯看到夜深，看到很多地区的灯灭去，但是另一地区的灯再亮起来——香港是一个不夜的城市——我们坐最后一班缆车下山。

下山的感觉也十分奇特，我们背着山势面对山尖，车子却是俯冲下山，山和铁轨于是顺着路一大片一大片露出来。我看不见车子前面的风景，却看见车子后面的风景一片一片地远去，本来短短的铁轨愈来愈长，终于长到看不见的远方，风从背后吹来，呼呼地响。

我想到，岁月就像那样，我们眼睁睁地看自己的往事在面前一点一点淡去，而我们的前景反而在背后一滴一滴淡出，我们不知道下一站在何处落脚，甚至不知道后面的视野怎么样，只能走一步算一步。

往事再好，也像一道柔美的伤口，它美得凄迷，却是每一段都是有伤口的。它最后连结成一条轨道，隐隐约约透露出一些规则来，社会和人不也是一样吗？成与败都是可以在过去找到一些讯息的。

我们到山下时，我抬头看维多利亚山，已经笼罩在月光之中，那一天，我在寄寓的香港酒店顶楼坐着，静静地沉默地俯望香港和九龙，一直到九龙尖沙咀的灯火和对岸香港天星码头的灯火，都在凌晨的薄雾中暗去，我想起自己过去所经验的一些往事，我真切地感受到，当岁月的灯火都睡去的时候，有些往事仍鲜明得如同在记忆的显影液中，我们看它浮现出来，但毕竟是过去了。

庞贝的沉思

○
○
○

　　到庞贝古城（Pompeii）的时候，我都为自己的感觉吃惊，这种吃惊仿佛不是处身在意大利或任何一个外乡的城邦，而是走进了汉殿秦宫，好像有许多中国的声息，响在那些铺得平整的青石街道，有许多中国的呼吸，在错落有致的红砖墙里吞吐。

　　那种感觉在意大利的其他地方，或者欧非的其他城市里是找不到的，虽然欧洲有许多城市古典而浪漫，但是那古典一眼就看出是西方的，那浪漫一感觉就知道出自不同的文化体系，与中国扯不上什么关系。

　　庞贝就不同了，也许由于时空的转移，屋宇遭到破坏，使它的格局不同于其他西方城市，反倒像是中国某一个规模庞大的园林建筑。我们在庞贝古城任意地散步，脑中究竟留下什么印象呢？

　　它大部分的地区被野草、藓苔、灌木丛所滋生，留下了断垣残壁，但在断残的垣壁中，我们看到保持完整的罗马剧场，看到巍峨的屋宇与其间巨大的拱廊与列柱，看到宽大舒适的公共浴场，看到雄伟的公共娱乐场地，看到罗列的商店街、银行、堂皇的拱门。如果我们再细心一点，就看到地板与墙壁上镶嵌的花样，看到墙上至今仍然绚灿夺目的绘画，以及建筑上使用的红砖材料与青石板，甚至屋上的瓦片、木头的栏杆遗迹……

我们明明知道那是罗马帝国时代的一座城，却说不清为何我有了中国的感觉，那感觉也不是温婉的宋明，简直是雄伟的汉唐了。

我坐在庞贝古城的一座门槛上，辨析自己的感觉，而且忍不住质问自己：我有什么资格说庞贝的感觉是中国的？

分析的结果，我发现主要的是来自"生活"，一种人文的鲜锐的生活。看到庞贝城几乎能触摸到那时的生活，在曲折有味的回廊中行走的古人，在繁盛的花园里散步的古人，在热闹市集交易的古人，一时之间，就从眼前活过来了；而过那样的生活，不一定要穿罗马袍服，也可以穿中国的古装，它是人类古代文化高峰时生活的形式，不限于西方或中国。

从现代的眼光看，那时的富足与闲逸，甚至可以看成是罪过或萎靡的，怪不得后来的历史家说庞贝的被埋是"上帝的天谴"，因为他们太纵欲、太安逸了，那时罗马的石碑这样记载："田猎、沐浴、游戏与狂笑即是生活。""沐浴、饮酒、恋爱足以戕害人的健康，但却使人生快乐。"很足以看出当时庞贝人，乃至罗马人的生活。

到庞贝古城之前，我在罗马的夜间电视看到一部数十年前的黑白电影，片名就叫"庞贝"，是无声的默片。这是一部写生的电影，仿庞贝城的格局搭的内景，演员全穿着当时的服装，花园中盛开着鲜花，让人仿如真的走入了一个庞贝的历史文化片段。

电影的情节非常简单，演一个褴褛的卖花女，有国色天香的姿容，在商店街口卖花，由于她的褴褛几乎没有人注意到她。一天被一位富家公子看中了，不但买了她全部的花，还带她回家，娶了她。从此她过着家庭主妇的生活，洗衣、烧菜、做羹汤，由她的生活里我们可以看到庞贝当时的妇女生活。而她的丈夫呢？过的正是沐浴、游戏、饮酒与狂笑编织的日子，因为不能忍受那纵欲的生活，她最后又回到街头去卖花……

在电影之前，我从资料上得知的庞贝，它是罗马帝国时代的商业中心之一，居民一共有一万五千人，每到市集之日，从各地来赶集的商人络绎于途。它当时已发展出极精致的艺术，非常高品质的商业生活，有各种专业的商店，有存钱的银行，几乎具备了现代城市的格局。西元前六年，庞贝经历过一次不小的地震，市容残破，经过数十年才完全恢复旧貌。

庞贝距离维苏威火山（Vesuvius）只有八公里，西元七九年，维苏威火山大爆炸，一夜之间被火山喷出来的灰烬完全埋没，居民无一幸免。据后来的专家考证，那次的火山爆炸比一颗核子弹的威力还大。一八七六年，庞贝被发掘，即开始由意大利政府有计划地挖掘整理，经过一个世纪，还没有完全挖掘出来，因为庞贝古城的面积总共有六百公顷之大。

知道这些资料，有助于我们对庞贝的概念性了解，但是如果没有真正身临其境，实在无法知道庞贝，因为一个城主要的不在外貌，而在风格、精神与感觉。

说到我看见的庞贝城外貌，除了上述的大印象外，在细微处我印象较深的是它的建筑与雕刻受了希腊时代的影响极大，大厅上红黑色的壁画，风格独特深沉敏锐，三温暖的浴室设备比现代豪华，厨房的灶及用具非常完备，小房间墙上的春宫画生动逼真——可见外貌是靠不住的。

当时被淹没在火山灰烬中的人，都早已成了化石，从他们脸上痛苦的神色，让人感知一个人面对危难时的无助与悲哀，可是因为是化石，也只是外貌而已。

我说城市的风格、精神与感觉重要，说庞贝有中国趣味，是我联想到庞贝最繁盛的时代，正当我们汉朝最盛的时候，这两个同一时代，隔着千万里空间的文化，给我们的感觉是十分近似的。

可惜我们不能窥见汉朝，而庞贝由于火山的爆发，在两千年后，竟成为欧洲考古与历史学家必须研究的重心，也成为艺术家与文化学者朝圣的所在。

但是中国的感觉并不是我独有的，与我同行的朋友也都为庞贝的中国趣味所吸引，在其中流连忘返，这时我才深觉"比较人类学"实在是必要的学问，透过这种研究，我们几乎知道，不管在任何时空之下，剥开一些人文的外貌，其实人所发展的文化不必沟通，也有许多相同的地方。

从罗马到庞贝约需四小时的车程，从南方拿坡里到庞贝也是四个小时，一路上全是意大利现代乡村的景观，居屋零落，绿树葱葱，在这样的路上，我们很难想象在荒烟蔓草埋了两千年的庞贝还存在着，反而庞贝古城四围，因为观光发达，竟成了一个繁荣的市镇；然而如果看过庞贝古城，再看这也称为"庞贝"的新城，就会发现现代的城实在是太贫乏了，几乎是文化的真空。

远望着维苏威火山壮伟的背影，我曾悲哀地想，如果现在还有一次爆炸，埋葬了新旧两城，后世的人将会如何品评这两座城市的格局呢？

在庞贝古城盘桓不忍离去，这是罗马共和时期的一座可能不是最好最大的城市，但共和时期的建筑物几乎已经消失了，只留下庞贝这个完全的都市，在时空中耸立，这也算是火山对世界文化唯一的恩赐了。

离开庞贝时已是黄昏，落日正顶在最后的一道墙垣，那时看着金橙的落日，在我心中浮现的是一座中国的城，一种中国的情绪，想起的是一个在唐朝埋没的中国北方古城"楼兰"，庞贝从火山灰中重活，而楼兰恐怕要永远消失在大漠里。

庞贝对我而言，不只是观光的地方，它的一景一物，时迁日久还鲜明得像我一直走进那个城里。

路上捡到一粒贝壳

○
○
○

　　午后，在仁爱路上散步。

　　突然看见一户人家院子种了一棵高大的面包树，那巨大的叶子有如扇子，一扇扇地垂着，迎着冷风依然翠绿一如在它热带祖先的雨林中。

　　我站在围墙外面，对这棵面包树感到十分兴趣，那家人的宅院已然老旧，不过在这一带有着一个平房，必然是亿万的富豪了。令我好奇的是这家人似乎非常热爱园艺，院子里有着许多高大的树木，园子门则是两株九重葛往两旁生长而在门顶握手，使那扇厚重的绿门仿佛戴着红与紫两色的帽子。

　　绿色的门在这一带是十分醒目的。我顾不了礼貌的问题，往门隙中望去，发现除了树木，主人还经营了花圃，各色的花正在盛开，带着颜色在里面吵闹。等我回过神来，退了几步，发现寒风还鼓吹着双颊，才想起，刚刚往门内那一探，误以为真是春天了。

脚下有一些裂帛声，原来是踩在一张面包树的扇面了，叶子大如脸盆，却已裂成四片，我遂兴起了收藏一张面包树叶的想法，找到比较完整的一片拾起，意外，可以说非常意外地发现了，树叶下面有一粒粉红色的贝壳。把树叶与贝壳拾起，就离开了那个家门口。

但是，我已经不能专心地散步了。

冬天的散步，于我原有运动身心的功能，本来在身心上都应该做到无念和无求才好，可惜往往不能如愿。选择固定的路线散步，当然比较易于无念，只是每天遇到的行人不同，不免使我常思索起他们的职业或背景来，幸而城市中都是擦身而过的人，念起念息有如缘起缘灭，走过也就不会挂心了；一旦改变了散步的路线，初开始就会忙碌得不得了，因为新鲜的景物很多，念头也蓬勃，仿佛汽水开瓶一样，气泡兴兴灭灭地冒出来，念头太忙，回家来会使我头痛，好像有某种负担；还有一种情况，是很久没有走的路，又去走一次，发现完全不同了，这不同有几个原因，一个是自己的心境改变了，一个是景观改变了，还有一个重要原因，是季节更迭了，使我知道，这个世界是无常的因缘所集合而成，一切可见、可闻、可触、可尝的事物竟没有永久（或只是较长时间）的实体，一座楼房的拆除与重建只是比浮云飘过的时间长一点，终究也是幻化。

我今天的散步，就是第二种，是旧路新走。

这使我在尚未捡面包树叶与贝壳之前，就发现了不少异状。例如我记得去年的这个时间，安全岛的菩提树叶已经开始换装，嫩红色的小叶芽正在抽长，新鲜、清明、美而动人。今年的春天似乎迟了一些，菩提树的叶子，感觉竟是一叶未落，老得有一点乌黑，使菩提树看起来承受了许多岁月的压力，发现菩提树一直等待春天，使我也有些着急起来。

木棉花也是一样，应该开始落叶了，却尚未落。我知道，像雨降、风吹、叶落、花开、雷鸣、惊蛰都是依时序的缘升起，而今年的春天之缘，为什么比往年来得晚呢?

还看到几处正在赶工的大楼,长得比树快多了,不久前开挖的地基,已经盖到十楼了。从前我们形容春雨来时农田的笋子是"雨后春笋",都市的楼房生长也是雨后春笋一样的。这些大楼的兴建,使这一带的面目完全改观,新开在附近的商店和一家超级啤酒屋,使宁静与绿意备受压力。

记忆最深刻的是路过一家新开幕的古董店,明亮橱窗最醒目的地方摆了一个巨大的白水晶原矿石,店家把水晶雕成一只台湾山猪正被七只狼(或者狗)攻击的样子,为了突出山猪的痛苦,山猪的蹄子与头部是镶了白银的,咧嘴哀号,状极惊慌。标价自然十分昂贵,我一辈子一定不能储蓄到与那标价相等的金钱。对于把这么美丽而昂贵的巨大水晶(约有桌面那么大),却做了如此血腥而鄙俗的处理,竟使我生出了一丝丝恨意和巨大怜悯,恨意是由雕刻中的残忍意识而生,怜悯是对于可能把这座水晶买回的富有的人。其实,我们所拥有和喜爱的事物无不是我们心的呈现而已。

如果我有一块如此巨大的水晶,我愿把它雕成一座春天的花园,让它有透明的香气;或者雕成一尊最美丽的观世音菩萨,带着慈悲的微笑,散放清明的光芒;或者雕几个水晶球,让人观想自性的光明;或者什么都不雕,只维持矿石的本来面目。

想了半天才叫了起来,忘记自己一辈子不可能拥有这样的水晶,但这时我知道不能拥有比可以拥有或已经拥有使我更快乐。有许多事物,"没有"其实比"持有"更令人快乐,因为许多的有,是烦恼的根本,而且不断地追求有,会使我们永远徘徊在迷惑与堕落的道路。幸而我不是太富有,还能知道在人世中觉悟,不致被福报与放纵所蒙蔽;幸而我也不是太忙碌或太贫苦,还能在午后散步,兴趣盎然地看着世界。从污秽的心中呈现出污秽的世界,从清净的心中呈现出清净的世界,人的境况或有不同，若能保有清净的观照，不论贫富，事实上都不能转动他。

看看一个人的念头多么可怕，简直争执得要命，光是看到一块残忍的水晶雕刻，就使我跳跃一大堆念头，甚至走了数百公尺完全忽视眼前的一切。直到心里一个声音对我说了一句话才使我从一大堆纷扰的念头醒来："那只是一块水晶，山猪或狼只是心的觉受，就好像情人眼中的兰花是高洁的爱情，养兰者的眼中兰花总有个价钱，而武侠小说里，兰花常常成为杀手冷酷的标志。其实，兰花，只是兰花。"

从念头惊醒，第一眼就看到面包树，接下来的情景如同上述。拿着树叶与贝壳的我也茫然了。

尤其是那一粒贝壳。

这粒粉红色的贝壳虽然新而完好，但不是百货公司出售的那种经过清洗磨光的贝壳，由于我曾在海边住过，可以肯定贝壳是从海岸上捡来不久，还带着海水的气息。奇特的是，海边来的贝壳是如何掉落到仁爱路的红砖道上呢？或者是无心的遗落，例如跑步时从口袋掉出来？或者是有心的遗落，例如是情人馈赠而爱情已散？或者是……有太多的或者是，没有一个是肯定的答案。唯一肯定的是，贝壳，终究已离开了它的海边。

人生活在某时某地，真如贝壳偶然落在红砖道上，我们不知道从哪里、为何、干什么的来到这个世界，然后不能明确说出原因就迁徙到这个都市，或者说是飘零到这陌生之都。

"我为什么来到这世界？"这句话使我在无数的春天中辗转难眠，答案是渺不可知的，只能说是因缘的和合，而因缘深不可测。

贝壳自海岸来，也是如此。

一粒贝壳，也使我想起在海岸居住的一整个春天，那时我还多么少年，有浓密的黑发，怀抱着爱情的秘密，天天坐在海边沉思。到现在，我的头发和爱情都有如退潮的海岸，露出它平滑而不会波动的面目。少年的我还在哪里呢？那个春天我没有拾回一粒贝壳、没有摄过一张照片，如今竟已完全遗失了一样。偶尔再去那个海岸，一样是春天，却感觉自己只是海面上的一个浮沤，一破，就散失了。

世间的变迁与无常是不变的真理，随着因缘的改变而变迁，不会单独存在、不会永远存在，我们的生活有很多时候只是无明的心所映现的影子。因此，我们可以这样说，少年的我是我，因为我是从那里孕育，而少年的我也不是我，因为他已在时空中消失；正如贝壳与海的关系，我们从一粒贝壳可以想到一片海，甚至与海有关的记忆，竟然这粒贝壳是在红砖道上拾到，与海相隔那么遥远！

想到这些，差不多已走到仁爱路的尽头了，我感觉到自己有时像个狂人，时常和自己对话不停，分不清是在说些什么。我忆起父亲生前有一次和我走在台北街头突然说："台北人好像猎仔，一天到暗在街仔赖赖趖。"翻成普通话是："台北人好像神经病，一天到晚在街头乱走。"我有时觉得自己是猎仔之一，幸而我只是念头忙碌，并没有像逛街者听见换季打折一般，因欲望而狂乱奔走；而且我走路也维持了乡下人稳重谦卑的姿势，不像台北那些冲锋陷阵或龙行虎步的人，显得轻躁带着狂性。

尤其我不喜欢台北的冬天，不断的阴雨，包裹着厚衣的人在拥挤的街道，有如撞球台的圆球撞来撞去。春天来就会好些，会多一些颜色、多一点生机，还有一些悠闲的暖气。

回到家把树叶插在花瓶，贝壳放在案前，突然看到桌上的黄历，今天竟是立春了。

"立春：斗指东北为立春，时春气始至，四时之卒始，故名立春也。"

我知道，接下来会有雨水、惊蛰、春分、清明、谷雨，台北的菩提树叶会换新，而木棉与杜鹃会如去年盛开。

寂寞的艺术

　　"不鸣则已，一鸣惊人"是常常被人用来夸赞的话，表面上是赞扬"一鸣"的惊人，实质上却在阐释沉默的"不鸣"所蕴涵的深厚，所谓"每鸣必有所指"的意思。这与"若非十番寒彻骨，焉得梅花扑鼻香"及"十年寒窗无人问，一举成名天下知"的道理相同，表面上感人的成就固然可喜，隐在其后的沉默之努力更是可贵。

　　所谓的"沉默"以现代语意析理应解为"深沉的默想"，唯其有了深沉的默想才可以达到人生的最高境界。《文心雕龙·体性篇》说："子云沉寂，志隐而味深"，说是"韬敛其所具，不发扬于外"；韩愈的《进学解》："沉浸醲郁，含英咀华"，说是"状力学之深透"；都是在说明沉默的重要。沉默而到达"不作苟见，不治苟得，久幽而不改其操"就成为一种艺术境界了。

　　《庄子·天下篇》中有云："寂寞无形，变化无常。死与生与，天地并与，神明往与。芒乎何之？忽乎何适？万物毕罗，莫足以归。古之道术有在于是者。"庄子将"寂寞"视为艺术的道之所归，投死生神明于大沉默之中，无长短可资计较，"沉默"乃成为万物之所归宗，实在是推崇沉默艺术的极致。

观照文学哲学中的精神，沉默是重要的，因为"敛于中而发于外"，只有最坚挚的沉默后，才有最伟大的作品。这也便是朱子所说的："学者所患在于轻浮，不沉着痛快。"一旦未经深沉默想，所发出来的也一定是浮光掠影，不足为道了。

反观生活中的细节，均以沉默为高，浮躁为低。朋友因沉默而心灵相通，卡莱尔·纪伯伦说："当你的朋友向你倾吐胸臆的时候，你不要怕说心中的否，也不要瞒住你心中的可。当他沉默的时候，你的心仍要倾听他的心。因为在友谊里，不用言语，一切思想，一切的希冀，都在无声的喜乐中发生共享了。"给因沉默而显得高贵的友谊作了一个最好的佐证，当我们说"心有灵犀一点通"时，是不是无形中显扬了沉默呢？

爱情也是如此，总是因"无言"的境界而显出爱情的高华浪漫，因为有些情爱根本除了默契外，语言变得无用，到了"所有的言语都成为多余"的爱情境界，情爱就显得益加真挚了。"示爱如欲进，含羞未肯前"和"盈盈一水间，默默不得语"的境界又岂是一般庸庸碌碌之辈所可致？

沉默对生活是最有用的，"言多必失""沉默是金"是最通俗的用处。至于"相看两不厌，唯有敬亭山"则是属于沉默的艺术了。一旦能超升到艺术境界，就可以由自己的大沉默而听到日出、花开、露凝、月升、星闪的声音，进而领悟到生命的奥秘及伟大，即使是"无言相对坐终日"，也会是别有一番滋味吧！

在大沉默中圆寂也是一种艺术，柏拉图的死就是一个印证，威尔·杜兰在《西洋哲学史话》中记载他的死："有一天他应邀参加一个学生的婚礼，杂在宾客中间畅饮；筵席开到一半，伟大的哲学家悄悄离席而去，找到一个安静的角落，默默躺下，呼呼睡去。第二天清晨，疲倦的客人在狂欢后发觉，他已由小睡进入长眠。"柏拉图在死前用勇敢的镇静应付了命运，保持了面对死亡的尊严，这完全是了悟生命之始终后所表现出来的——沉默。这种死亡，谁说不是艺术呢？

可是世人不知沉默的艺术，往往不见舆薪而见秋毫，喜发议论，不在内心的涵蕴上求修养，而在外相的表达上求矫饰，则沉默之被目为可贵，日趋于下，真正虚怀若谷者反而不屑与谈，变成"黄钟毁弃，瓦釜雷鸣"的现象，歪风所及，人格、社会便一日下流于一日了。

在知道沉默的艺术时，必当以此作为生活行为之依归，终有一天会达到庄子在《宥篇》所说的："至道之精，窈窈冥冥；至道之极，昏昏默默。"将有限溶于无限，才是深沉的默想的最高艺术境界。

意外的旅客

○

○

○

跟随一个旅行团到东部去，团中有一位奇特意外的旅客，他平常都是在饭店里睡觉，睡醒时如果团员还没有回来，他就坐在咖啡厅喝咖啡，状极悠闲；他有时连饭也不起来吃，理由是他要休息；他也不爱说话，有人问他，他只是微笑。

这位旅客虽然沉默、无言、微笑，但大家都无法忽视他的存在，他像一个谜，引起人在背后谈论。

我偶尔也和他一样，坐在咖啡座里沉默、无言、相对微笑。

光是这样相对、微笑，我们就熟悉了。

有一次，我忍不住问他："你既然参加了旅行团，为什么都不出去旅行呢？"

他说："我是个懒人，要走路，不如站着；要站着，不如坐着；要坐着，不如躺着；要躺着，不如休息、睡觉。我出来旅行，那也是因为衣食住行都有人安排呀！"

在这个社会，我们见过许多勤快、忙碌的人，却很少见到懒人；偶尔见到懒人，也不肯自称为懒。然后，我们就谈起关于懒的一些观点，这位意外的旅客的见解，真令我大开眼界。

他说，懒人的两大守则，一是能不做的事就不做，例如衬衫可以买七件挂在衣橱，每天轮流穿一件，正好可以穿一星期，满一星期再从头穿一次，连穿三次，这样三星期只洗一次衬衫就可以了。鞋子则买没有鞋带的，最好是不用弯腰就可以穿的，理由是："每天弯腰绑鞋带，一生就要花多少力气？"

又例如吃东西，能吃饱就好，不必求美味，最好是在家附近的馆子吃，万不得已在家里吃，生食比熟食好；万不得已熟食，面包比面条好，面条又比米饭方便（因为米还要洗）；吃水果最好不用动刀，因此香蕉、番茄比西瓜、凤梨好。

又例如买东西，懒人最好不多买东西，买东西又花钱（花了钱还要去赚），又花时间和力气，很划不来。而且，凡是有了东西，就要保养、收拾、整理，没完没了，得不偿失。

他说："凡人为了名利情欲做了一大堆费时耗力的事，看起来就像傻瓜一样。"

懒人的第二大守则是能不记的事就不记。

所以，懒人绝对不使用电脑、传真机、行动电话这些事物，甚至也不必用电话簿，"因为多记一个人就多一些事，不必去记那些事，脑子自然就有了空间。"

"俗人总是记东记西、牵肠挂肚、求名求利，那些在我看起来，都不如坐着休息。"他还告诉我，古来禅师所追求的最高境界，与懒都是相通的，像"春有百花秋有月，夏有凉风冬有雪。若无闲事挂心头，

便是人间好时节。"所讲的"闲"不就是"懒"吗？

这首无门慧开禅师的诗，懒人会记得还不可惊，他甚至引用了一首元朝了庵清欲禅师的诗：

闲居无事可评论，

一炷清香自得闻。

睡起有茶饥有饭，

行看流水坐看云。

我说："你不是说能不记得就不记吗？如何记得这么长的诗？"

他说："诗自己留下来的，不算记。在这个时代不做懒人太傻了，你想想，每天的新闻都是杀人放火、贪污腐败，我们去瞎操心，气都气死了。再说，如果我们去努力赚钱，想到缴税的钱都被贪走了，实在太不值，如果人人都不赚钱纳税，贪污自然就消失了。"

正在这时候，导游来叫吃饭，懒人说："你看，多好，又有饭吃了。"

走向餐厅的路上，他说："做懒人最大的困难，就是常常要动脑筋，怎么样才可以再更懒一些！"

听了懒人的话，我一点也没有看轻他，反而自觉惭愧，觉得自己实在太忙了，忙着看立委打架、群众暴力，真是瞎操心。也觉得自己实在太傻了，每年缴一大堆税，让一些公务员"一时大意"地贪污了。

真是像傻瓜一样。

今后可要再懒一些才好。

一炷香

我常常在万华的小巷子里遇见一位老人，他是庙里的庙公。

老人每天最重要的工作是，清晨和黄昏各烧一炷香，把香插在庙前的门柱上和香炉里。廿年来，他做的就是这么简单的工作，没有怨言，我问起，他只是说："烧香的工作，总是要有人做的。"

老人手中要插在香炉和门柱的那一炷香，必须先虔诚地对庙里的神明祭拜，然后他踮起脚跟来，将一半的香插在香炉，走出门外，向天地祭拜，再踮起脚跟，把另一半的香插在门柱上的香筒里。

我特别注意到老人踮起脚跟时的优美姿势，老人的背有点驼了，可是他踮起脚跟时，全身却是笔直，就像立在那里的廊柱一样。这个动作让我格外感知老人虔敬的心灵，也许他一天只有这两次能站得笔直吧！

我几乎天天看到老人在庙里烧香，有时候老人不在，也会看见那一炷香冉冉地燃烧着，香头微细的火光和上升的香烟使我深深地震颤，我在那香里看见一股雄浑的力量，以及一颗单纯的中国人心灵绵长地燃烧着。

有一次我带着照相机，以一种虔敬无比的心情拍下那一炷香，放下相机，一回头，看到老人正对着我微笑，说：

"一炷香有什么好拍的？"

我竟无言以对，有什么好拍呢？

我想起三年前，随着一个阿公阿婆的团体去环游台湾，其中有一位叫张木火的老阿公一直显得坐立难安，我问他为什么那么不安。

他说："我是大甲镇百姓庙的庙公，每天早晚要烧香两次，我出来玩这么多天，庙里的香炉都冷了，没有人烧香，神明的香火会断掉。"

不管我怎么安慰他，他总是显得忧心忡忡，后来我告诉他，乡公所既然推选他参加阿公阿婆的游览，一定会找人替他烧香，使他庙里的香火不断，他才放下心来。其他的阿公阿婆告诉我，张木火是土生土长的大甲镇人，他一辈子都没有离开过大甲镇，直到游台湾时才有机会出来走走。

张木火年轻的时候就当庙公，他这一辈子最重要的事几乎就是维系庙中的一炷香，几十年没有间断，难怪他会那么挂心。张木火的故事是个很简单的故事，但是这简单背后有一种庄严神圣的意义，他维持的一炷香后来已经不是一炷香，而是他对生命价值的肯定，虽然他说不出烧香的所以然，但是无形中已深刻地让我们感受到了。

在我这些年来走遍台湾乡下的脚迹里，我看到许多乡下的老人，都具有一种简单却庄严的生命观，他们很平凡，平凡得不引人注意，可是我们接触到时，要踮起脚跟才能触摸到他们的心灵世界。

我曾在美丽乡下遇见过一位富有的老人，他的家里有全套的播种机、耕耘机、收割机，但是他永远留下一亩水田用手插秧、除草、耕耘和收割，他最爱的也就是这一亩亲手栽植的水田。

我问他为什么不用机器种稻，他说："机器种的稻子永远比不上手种的好吃。何况，一个农夫生了手脚做什么呢？就是要种作呀！"只是基于这样的理念，一任儿女怎么劝他，他总是要亲自下田。我觉得这不是迂腐或无知，而是他的心灵里有一片单纯干净的天地。

　　农夫的稻子也是他的一炷香。我常觉得，一个人维持着简单的生活、简单的原则、简单的天地是多么不易呀！现代的环境很难让我们回到那个干净单纯的世界了。

　　这也就是我接触愈多的人，愈喜欢老人和小孩的原因了。如何在这个容易让人迷失的世界里还保有一炷香呢？我自己也感到迷惑。

最前卫的佛法

○
○
○

　　台湾这两年不知道为什么突然流行起"轮回"的观念，由于轮回观念的盛行，使得出版界的前世探讨、催眠术，乃至生死学，都成为显学，以目前的趋势看来，轮回之学以及其周边事业，都还会流行一阵子。

　　去年，张老师出版社的《前世今生》成为非文学类畅销书的榜首，今年接着又出版《生命轮回》，依旧畅销不堕。这两本读了令人深有启示的书，其主要的观点都与佛法的思想冥合，令人纳闷的是，像前世、轮回、因果的观念，佛教是最早提出来的，也是最完备的，为什么"佛经"不能那样畅销，得到多数人的青睐？

　　有人以这个问题问我。

　　我说："那都要怪释迦牟尼佛没有得到耶鲁大学的博士学位呀！"

　　这虽是一句玩笑话，却也反映了真实，《前世今生》和《生命轮回》的作者是耶鲁大学的医学博士布莱恩·魏斯（Brian L.Weiss），才使他的论点有更大的说服力。但不管用多少新见解和新观点，最原始的佛法对轮回有最前卫的识见，那是毫无疑问的。

也可以由这个观点看到，佛教思想是禁得起任何科学的验证。

除了轮回，最近几年流行"生死学"或"临终关怀"，也与佛教脱不了关系。我们知道，释迦牟尼佛就是因为看到人的生老病死，受到震惊而觉悟的，也使得他的一切教法都不离"生死学"，都是为了生死的解脱而设立的。

佛教里把生命的最后时刻称为"临终"，把死亡之顷称为"往生"，其实是点出了生死学最中心的观点，一个人有好的临终，才会有好的往生，而由于轮回观念的确立，"好生就会好死，好死就能好生"，也可以说，高品质的死亡之道，正是对生命重视的象征。

我们如果到印度旅行，就会发现恒河两岸有许多"待死之屋"，年老或疾病的人在那里平静地等待死亡，而不是死在医院的诊疗室里。

现代医疗系统鼓励人求生，这是值得肯定的，但人皆有死也是人生的必然，因此，"求生"与"送死"具有同等的分量，医院对生者尽其所能，对死者草草了事，早就成为有识者的心头之痛，这也是生死学、临终关怀兴盛的原因。

不论是生死学中对情欲生命的认识与阶段生命的终结真实，佛法早就有透彻的演绎。不论是临终关怀中对"求生"与"送死"的慎重，佛法也早就说得非常清晰了。例如念佛以安亡者之灵并慰生者之心；例如新亡八小时内不可移动，以示生命庄严，以利往生净土；又例如强调净土的观念，确定的轮回转生，可以唤起最终的希望温暖之心等等。

所以说，在"生死学""临终关怀"，佛法也是最前卫的。

最近还流行什么呢？这几年台湾饱受国际保育团体的指责，先是娃娃鱼、红龙、熊掌、虎鞭，继而是黑猩猩、犀牛角、黑面琵鹭，间杂的还有当街杀蛇、嗜吃鱼翅燕窝、谋害红尾伯劳等等，甚至受到培利修正

案严厉的制裁。

野生动物的不能受到保护，是显现出人心的野蛮，而这是与环境保护互为呼吸的，——一个不能真实"护生"的社会，是不可能彻底"环保"的。

关于"护生"，以佛法所说的"众生平等"最彻底、最真实，世间一切胎卵湿生、蠢动含灵的众生，在佛性上与人是相同的，因此杀生就是杀佛，其因果非常严重，这是为什么佛陀把"戒杀生"当为一切戒律之首的缘故。

真信佛法的人必然护生，则伤害贩卖动物的行为就自然止息。

至于"环境保护"，佛法说到慈悲最高的境界是"无缘大慈、同体大悲"，是"践地唯恐地痛"，是"视一切众生如父母子女"，如能有这样的心，自然能珍惜一切因缘、珍惜生存的环境，也不会由于一己的私利，陷众生于水火，这种心灵的环保才真是环境保护的根源。

所以，对"护生"与"环保"，佛法也是最前卫的。

前一阵子，台湾举行省市长和省市议员的选举，选举时激情过度常有一些荒谬情节，例如有人强调中产阶级，竟说出不要嚼槟榔、穿拖鞋的人参与政治；有的人为了吸引小市民，痛批财团企业；有的人排斥外省人，有的人排斥本省人；这些都是不平等的见解。

在二千多年前，释迦牟尼佛就为破除阶级而努力不懈，不论是工农阶级、中产阶级、中小企业主，乃至财团资本家，一律平等；不论本省、外省，乃至外国人和天神也不分高下。这种"人人平等"的心，与民主政治是冥合的，总统只有一票，乞丐也有一票，每一票都同等珍贵（如果卑贱，也同等卑贱），那些强调族群不同、造成对立的政客，如果不是心胸狭窄，就是心肠太坏了！

佛法里把众生的一切外在权力职位阶级剥落，还原到凡是作为人，都是佛性平等、自性平等，并没有任何一个人有权利排除任何一个人天赋的权利，当政客的参政权与小市民相同，做总统的一票与乞丐的一票等大，这才是真民主，也才是真正的"众生平等"。

所以，谈到民主政治、平等的真意、阶级的破除，佛法是最古老，也是最前卫的。

人人都认识佛法是最古老的，却不知道佛法有许多最前卫的观念，这是非常可惜的。世上有许多哲学思想，在时间中变得落伍、保守、迂腐，那是由于只有古老，没有前卫。也有许多一时新奇的观念，由于没有验证，没有恒久的价值，很快就被淘汰了，那是因为只有前卫，没有古老。

佛法古老，有恒久的价值；佛法前卫，有崭新的观点；这是由于很多生命的真实、真相，都经过不断的验证，成为真知、真理，与时并进，生生不息，我们回头来看看近年流行的思潮，不正好凸显了佛法古老与前卫的双重特质吗？

再想想"心理学"与"唯识学"的关联，身心灵疗法与身心健康的相对性，禅式训练与企管训练的相似性，佛法最前卫的部分值得思考探究的还多得是呢！

记梦记

○
○
○

　　许多朋友对我抱怨，他们晚上总是睡不安稳，不是被恐怖的噩梦缠绕，就是走进了超现实的梦的魔魇里去；他们一边抱怨，一边还兴致勃勃地讲述梦里的情景，说完之后，总是追索着一个问题："这莫名其妙的梦到底在预示什么？它代表了什么样的潜意识呢？"有的则露出幸福的微笑，好像说着："幸好只是个噩梦罢了。"

　　对于朋友们的心情我很能体会，因为我也是个会做梦的人。虽然我并不爱做梦，梦却是莫奈他何的东西，一闭上了双眼，它就如飞舞的精灵，在灵魂空下来的一个小细缝中钻了进来，占据了我们未知的八小时的喜怒哀乐。

　　我的朋友大部分是从事文学艺术工作的人，他们的心灵特别易感，因此格外容易有梦，有许多人知道我是个"梦人"，总是找我倾诉他们的梦境。我生平最爱做的事就是听人"胡言梦语"地谈离奇梦境，我常建议他们把这些梦化成作品给人共享，有的人因此创作出与清醒时完全不同的作品，（可能那梦里是另一个人吧！）大部分人却不愿意，理由是：梦是隐私的一部分，说给好友听听无妨，要公之于世就有些难以启齿了。

我自己很会做梦，会的程度有时一夜可以做三四个，这三四个有时是短片连缀在一起，有时又是一个长片被切割成几段。我还有很奇怪的经验，睡醒了出去晨跑，回家时睡回笼觉，梦竟然能接得下去。有一次甚至相隔几个月，梦居然能连在一起，好像电影的上下集。

我喜欢电影，我觉得做梦有些看电影的感觉。和电影不同的是，我们可以看自己当主角在戏里演，觉得颇有兴味，所以我即使做噩梦，也很少有恐怖的感觉。

梦里自然全是子虚乌有的事，可也不尽然；我做过的一些梦里，梦到一些全然陌生的地方，有街道、有人物，有花草，甚至邮局、车站全是清清楚楚，几个月后我到外地去采访，发现那地方竟和我梦里的一模一样，连当地庙会演出的戏码都和我梦见的一样。我觉得心寒，也觉得有趣——人是不是能在梦里预示些什么呢？

还有一次，我梦见乘火车不知道要到什么地方去，那火车不像一般火车，很小，却一直往陡峭的山上爬去，两边的树很浓绿，天上的白云又白又结实，仿佛要爬上无止境的高山。一年多以后我到香港去采访，才发现我梦里的是太平山，连火车的样式都相同。可是我做梦的时候，压根儿没想过香港，也不知道太平山。梦真是奇怪，它和我们实际人生中说不定真有重叠的部分。

结婚前，我是一个人做梦，婚后，才知道妻子也是个会做梦的人，有时做得更甚。我们每天起床时常互相讲述自己的梦中情景，以为乐事，遇到情节简单的梦，也会加以分析一番。因为这样，奇怪的事发生了。

有一天起床，妻子对我说她的一个梦：我们和两位熟识的朋友到一个陌生的地方去旅行，那里是一片大草原，开着许多小黄花。我们还带着我们一对小儿女去，大女儿梳着两条辫子，小儿子穿着绿色的短裤……

妻子讲的时候我听得呆了，因为我那一夜的梦就是这样，连儿女的面貌都是清晰的。甚至连梦停止的地方也相同：我们在旅馆用过西式早餐，听到朋友叫我们的名字，梦戛然而止。我不知道冥冥之中有什么力量可以让一对夫妻做同样的梦，而相同的梦又诉说出什么意义呢？我现在还没有儿女，梦里的儿女都在十岁左右，我想，要回答这个问题恐怕要在十年以后了。

有一阵子我有记梦的习惯，每天睡醒把梦写在床头的笔记本上，因为梦飞逝得太快，不记录下来往往第二天就忘得干净，我在那本笔记上写了"画梦记"三个字。后来因为工作太忙，生活不正常，就很少再记自己的梦，最可惜的是，那些已经记了梦的本子，因为搬家频繁也遗失了，不然倒可以出一本很好的集子。遗失也好，免得以后落入心理分析家的手中，我虽然相信心理分析有理，但是更相信梦的海阔天空绝不是心理分析所能为力。

有时我很羡慕那些无梦的人可以一觉到天明，但我也同情他们，他们至少少活了一半的人生。

梦奇地

1

台北有一家大型的玩具连锁店，名字叫"梦奇地"，我偶尔会带孩子去看那些来自世界各地的玩具，觉得玩具是梦想，也是魔幻，反过来看，某时候人生的一些情节也像玩具一样。

我问孩子："为什么这家玩具店叫梦奇地呢？"

他说："这表示是充满梦幻和奇想的地方。"

但是，看到这三个字，我时常想到的是："梦是奇怪的地方。"

梦，也确实是奇怪的地方，有的人说人生如梦，有的人说人生如戏，到底人生是更接近梦，或更接近戏呢？

或者，人生像是一家玩具店，充满了梦想与奇戏，我们在里面不容易看到它只是一家玩具店，那就像儿童走进玩具店一样过度投入了。

只有在买不到玩具，赖在地上打滚号哭过的人，走出店铺才会发现，为买一个玩具而号哭，实在是荒诞的。

果真买到玩具的开心，也不能维持太久，因为只要是玩具，很快就会腻了。

但，偶尔去玩具店，偶尔有游戏的心，偶尔在白日里做些梦，总是好的。

2

因此，我很感恩人有夜晚，人需要睡眠，人还可以有梦，如果一天二十四小时都是白天，都需要工作，都要面对血淋淋的人世，那是多么可怖畏呀！

睡眠，是关于死亡的练习。

梦境，是关于来生的练习。

夜晚，是关于温柔的练习。

种种练习都做好了，就叫作"至人无梦"。

3

做无梦的至人是很好的，但凡人的梦也好，有平衡作用。

在噩梦中惊醒，吓了一身汗，说："还好是梦，我的坏境都在噩梦里发生过了，我的业障在梦中清洗了，现实生活一定不会这么糟了。"这样，对于苦境就不会执着。

在好梦里依依不舍地醒来："呀！可惜是梦，人间的好，也如是了。"那么，对于喜风就不容易倾动。

"梦里明明有六趣，觉后空空无大千"，这是禅家的开悟之语，很好。于真切的人生中，有可能是"生活明明有六趣，梦中空空无大千"，也未尝不美。

梦，是一个真实的丧失；真实，则是梦的丧失。

有时候，某些丧失并不是坏的，因为那是获得自我认识的一个方式。

因此，每次从梦里醒来，总使我有一些欢喜：重新获得自己的欢喜。

南柯，或者黄粱的一梦，有遗憾、有丧失，但也有欢喜，有获得。

庄子与蝴蝶的化身飞翔，是飞翔于梦与游戏之间，是自我证明的一次停格。

4

《大智度论》里否定梦的作用说："梦非实事，尽属妄见。"主张梦是妄想非实的，不必在意。

《大毘婆娑论》则说："梦为实有，若梦非实，便违契经。"主张人对于自己的梦，也应该负起道德的责任。

有些经典说梦不是实有，但也有些经典肯定了梦里的境界。

这不是经典有所矛盾，而是，对于执着于梦的人，要放下梦里的所见；对于轻视梦的人，要正视梦的象征与意义。

一切法如梦，但是，梦不可以显现一切法吗？

"诸法实尔，皆从念生。"——念，可以在生活中、在梦中、在一切处生起。

现实或者是一部分的梦，梦或者是一部分现实，善观现实者可以看到"一切有为法，如梦幻泡影，如露亦如电，应作如是观。"善观梦者则可以觉知"寿暖及与识，舍身时俱舍，彼身弃冢间，无心如木石。"

梦或不梦不是重点，觉或不觉才是要义。

5

有人来向我说噩梦，我会安慰他。

有人来向我说好梦，我会点醒他。

对于自己，我也如是安慰、如是点醒。

6

《庄子·齐物论》里说：

> 梦饮酒者，旦而苦泣；
>
> 梦哭泣者，旦而田猎。
>
> 方其梦也，不知其梦也。
>
> 梦之中，又占其梦焉。
>
> 觉而后，知其梦也。
>
> 且有大觉，而后知其大梦也。
>
> 而愚者自以为觉，窃窃然知之。
>
> 君乎？牧乎？固乎？

这段话很美，译成白话是：

昨夜梦到开心喝酒的人，早上却痛苦地哭泣；

昨夜梦到痛苦哭泣的人，早上却开心地去打猎。

刚刚在做梦的时候，不知道自己在做梦。

何况在梦中，有时还有梦呢！

醒来以后，才知道刚刚是梦。

只有大觉悟的人，才知道人生是一场大梦。

愚笨的人自以为觉悟，私底下好像已经知道了。

可是他为什么还在分君分臣？明贵明贱？实在浅薄呀！

7

世事一场大梦，人生几度新凉，流逝的我真像是一场梦，虽说梦里是那样真实，却如飘落的秋叶，一下就黄了，化为春泥了。

"晚上做梦，不晓得是梦的人，醒来后，仍能记得千鸟的叫声。"

"在梦中为落花飘零惋惜，醒来之后，心仍有惋惜之意。"

"清晨梦中，看到衣服里有着珠宝，使我迷惑了。"

泽庵禅师曾写过"梦千首"，来表达人生就像梦境，梦境虽是虚幻，但醒后还留着残心，是非常值得珍惜的。

我有时独坐静观，看见那些流去的岁月，恍然如梦，觉得梦里的人与我就像在镜中相逢，互相端视面目，谁是我？我是谁呢？

僧肇大师的"旋岚偃岳而常静，江河竞注而不流。野马飘鼓而不动，日月历天而不周。"确实生命的奔驰有如野马，连日月也迅如流星，但是，谁看见了那常静、不流、不动、不周的自我呢？

这样想时，真像是听见了童年梦里的千鸟的鸣声。

归彼大荒

○
○
○

每年总要读一次《红楼梦》，最感动我的不是宝玉和众美女间的风流韵事，而是宝玉出家后在雪地里拜别父亲贾政的一段：

那天乍寒下雪，泊在一个清静去处。贾政打发众人上岸投帖，辞谢朋友，总说即刻开船，都不敢劳动。船上只留一个小斯侍候，自己在船中写家书，先打发人起岸到家，写到宝玉事，便停笔。抬头忽见船头上微微的雪影里面一个人，光着头，赤着脚，身上披着一领大红猩猩毡的斗篷，向贾政倒身下拜。贾政尚未认清，急忙出船，欲待扶住问他是谁。那人已拜了四拜，站起来打了个问讯。贾政才要还揖，迎面一看，不是别人，却是宝玉。贾政吃一大惊，忙问道："可是宝玉么？"那人只不言语，似喜似悲。贾政问道："你若是宝玉，如何这样打扮，跑到这里来？"宝玉未及答言，只见船头上来了两人，——一僧一道，——夹住宝玉道："俗缘已毕，还不快走！"说着，三个人飘然登岸而去。贾政不顾地滑，急忙来赶，见那三人在前，哪里赶得上，只听得他们三人口中不知是哪个作歌曰：

"我所居兮，青埂之峰；我所游兮，鸿蒙太空。谁与我逝兮，吾谁与从？渺渺茫茫兮，归彼大荒！"

读到这一段，给我的感觉不是伤感，而是美，那种感觉就像是读《史记》读到荆轲着白衣渡易水去刺秦王一样，充满了色彩。试想，一个富贵人家的公子看破了世情，光头赤足着红斗篷站在雪地上拜别父亲，是何等的美！因此我常觉得《红楼梦》的续作者高鹗，文采虽不及曹雪芹，但写到林黛玉的死和贾宝玉的逃亡，文章之美，实不下于雪芹。

贾宝玉原是女娲炼石补天时，在大荒山无稽崖练成的三万六千五百零一块的顽石之一，没想到女娲只用三万六千五百块补天，余下的一块就丢在青埂峰下，后来降世为人，就是贾宝玉。他在荣国府大观园中看遍了现实世界的种种桎梏，最后丢下一切世俗生活，飘然而去。宝玉的出家是他走出八股科考会场的第二天，用考中的"举人"作为还报父母恩情的礼物，还留下一个腹中的孩子，走向了自我解脱之路。

我每读到宝玉出家这一段，就忍不住掩卷叹息。这段故事也使我想起中国神话里有名的顽童哪吒，他割肉还母，剖骨还父，然后化成一道精灵，身穿红肚兜，脚踏风火轮，一程一程地向远处飘去，那样的画面不仅是美，可以说是至庄至严了。《金刚经》里最精彩的一段文字是"若以色见我，以音声求我，是人行邪道，不能见如来"。我觉得这"色"乃是人的一副皮囊，这"音声"则是日日的求告，都是有生灭的，是尘世里的外观，讲到"见如来"，则非飘然而去了断一切尘缘不能至。

何以故？《金刚经》自己给了注解："如来，若来若去，若坐若卧。""如来者，无所从来，亦无所去，故名如来。"我常想，来固非来，去也非去，是一种多么高远的境界呢？我也常想，贾宝玉光头赤足披红斗篷时，脱下他的斗篷，里面一定是裸着身的，这块充满大气的灵石，用红斗篷把曾经陷溺的贪嗔痴爱隔在雪地之外，而跳出了污泥一般的尘网。

贾宝玉的出家如果比较释迦牟尼的出家，其中是有一些相同的。释迦原是中印度迦毗罗国的王子，生长在皇室里歌舞管弦之中，享受着人间普认的快乐，但是他在生了一子以后，选个夜深人静的时候，私自出宫，乘马车走向了从未去过的荒野，那年他只有十九岁（与贾宝玉的年纪相仿）。

想到释迦着锦衣走向荒野，和贾宝玉立在雪地中的情景，套用《红楼梦》的一句用语：“人在灯下不禁痴了。”

历来谈到宝玉出家的人，都论作他对现世的全归幻灭，精神在人间崩解；而历来论释迦求道的人，都说是他看透了人间的生老病死，要求无上的解脱。我的看法不同，我觉得那是一种美，是以人的本真走向一个遥远的、不可知的、千山万叠的风景里去。

贾宝玉是虚构的人物，释迦是真有其人，但这都无妨他们的性灵之美。我想到今天我们不能全然地欣赏许多出家的人，并不是他们的心不诚，而是他们的姿势不美；他们多是现实生活里的失败者，在挫折不能解决时出家，而不是成功地、断然地斩掉人间的荣华富贵，在境界上大大地逊了一筹。

我是每到一个地方，都爱去看当地的寺庙，因为一个寺庙的建筑最能表现当地的精神面貌，有许多寺庙里都有出家修道的人，这些人有时候让我感动，有时候让我厌烦，后来我思想起来，那纯粹是一种感觉，是把修道者当成“人”的层次来看，确实有些人让我想起释迦，或者贾宝玉。

有一次，我到新加坡的印度庙去，那是下午五点的时候，他们正在祭拜太阳神，鼓和喇叭吹奏出缠绵悠长的印度音乐，里面的每一位都是赤足赤身只围一条白裙的苦行僧，上半身被炙热的太阳烤成深褐色。

　　我看见，在满布灰鸽的泥沙地上，有一位老者，全身乌黑、满头银发、骨瘦如柴，正面朝着阳光双手合十，俯身拜倒在地上，当他抬起头时，我看到他的两眼射出钻石一样耀目的光芒，这时令我想起释迦牟尼在大苦林的修行。

　　还有一次我住在大岗山超峰寺读书，遇见一位眉目娟好的少年和尚，每个星期日，他的父母开着宾士轿车来看他，终日苦劝也不能挽回他出家的决心，当宾士汽车往山下开去，穿着米灰色袈裟的少年就站在林木掩映的山上念经，目送汽车远去。我一直问他为何出家，他只是面露微笑，沉默不语，使我想起贾宝玉——原来在这世上，女娲补天剩下的顽石还真是不少。

　　这荒野中的出家人，是一种人世里难以见到的美，不管是狂欢或者悲悯，我敬爱他们；使我深信，不管在多空茫的荒野里，也有精致的心灵。而我也深信，每个人心中都有一颗灵石，差别只是，能不能让它放光。

第五辑

长夜的星空

差别心使我们产生自心的烦恼，

如果我们能够打破差别心和自心的烦恼，

就可以减轻很多痛苦。

而打破这种烦恼劫，

也就是我们面对痛苦的第一步。

检点自己的宝盒

眼光随色尽，

耳识逐声销；

还源无别旨，

今日与明朝。

——越山师鼐禅师

有一位朋友失去了至亲的人，曾经有一段日子感到非常悲伤哀痛，几乎失去生命的勇气，每次听到忧伤的歌就流泪，看到往昔的照片就悲不能抑，于是尽最大的可能不去碰触任何会使自己痛苦的事物，久而久之，整个人就像失去神智一样。

朋友在谈起那段时间的心境时，神态平静，眼神里有超越的光。

"那么，你是怎么度过的呢？"

"有一天，我想到日子仍然要过下去，但是不能这样过下去，于是开始写日记，希望把自己的心情记录下来，例如什么使我悲伤？我最怀念的事物是什么？哀伤可以把我打击到什么程度？我把它一点一点拿出来看，然后写下来，本来混沌的心经过一段时间就逐渐清明起来了。"

　　在记录自己身心的过程里，朋友逐渐看见忧伤的本质，再过一段时间，他在日记里记载下一些自己想做还没做的事、自己未了的心愿，那些对未来的观点竟如同在烂泥中突然长出几棵翠绿的幼苗，他说："真的好像看见在悲伤中的希望，是绿色的幼苗。"

　　经过了这样清明的观察与体验，他的心境得到转化，凡是遇到从前使自己悲伤的事物，本来很自然地就要转过头逃开，但是，他立刻站定，更仔细地去看那些事物。例如从前每次一听就要哭的歌，这时停下来仔细地听，一遍一遍，听到自己不哭为止，甚至去检视那哭与不哭的界线。

　　朋友说："我知道要改变心境最好的方法不是去压抑或逃避它，而是去正视和检点，就好像我们有一个宝盒，里面装了许多混乱的东西，整理这个宝盒最好的方法，是把宝盒打开，一样一样拿出来检点，再装回去，摆好位置，然后把一些不好的、次要的、装不回去的东西舍弃掉。如果不经过检点，便把宝盒关上，那么，就会常常在不小心的时候，宝盒里的东西就掉出来了。"

　　听了朋友的话，我心里十分感动，我说："你的这整个历程就是一种修行呀！"

　　因为，当我们说"修行"时，最简单的意思是"修正自己的行为"，行为乃是由心境造成的，因此检点自己的心正是修行的初步，正如《碧岩录》中所说："但去静坐，向他句中点检看。"一个人一旦能清楚检点自己的心，这时虽然也有烦恼与波动，也不会失去其清明。

　　若能检点自心，即能不被外境所转动，就不至于被快乐或忧伤所染着了，这种看清，就是一种悟，就像清凉澄观禅师说的："迷则人随于法，

法法万差而人不同；悟则法随于人，人人一智而融万境。""唯忘怀虚朗，消息冲融。其犹透水月华，虚而可见；无心鉴象，照而常空也。"

在告辞朋友的时候，我忍不住想起一句禅师的用语对朋友说："从此，再也没有什么可以奈何得了你了！"

走出巷口，发现黛特台风正在大声呼号，狂风暴雨交织在夜空之中，想到这强大的风雨正如人生的风雨，终有清明之时，那是因为我们看清了风雨的背后有一个广大湛蓝的天空。我们的宝盒虽然零乱，只要一再地检点，总有理清的一天。

于是，我仰起头，看风雨之夜，让雨水交加，心里浮起空海大师的两句话：

　　不要制止风，愿将此身化为风；
　　不要制止雨，愿将此身化为雨。

美丽的危险

《三慧经》中说："山中揭鸟，尾有长毛；毛有所着，便不敢复去，爱之恐拔罢；为猎者所得，身坐分散，而为一毛故。人散意念，恩爱财产，不得脱苦，用贪故。"

这个比喻翻成白话是："山里面有一种揭鸟，它的尾巴有很长的毛。这长毛如果被夹住了，它就不敢离开，因为它爱自己美丽的长毛，怕一走开就拔断了。因此被打猎的人抓住了，身体被撕裂分散，全是由于它爱惜一根长毛的缘故。人也是一样，清纯的意念失散，爱惜自己的财产，不能脱离苦海，全是因为贪心的缘故。"

读这段经文令人心生警惕，在真实的智慧里，拥有越多的外表之美，以及愈多的财富物质，就愈是得道的障碍，也愈是失身的陷阱。如果一个人能看破皮相、舍弃财宝就有可能在其中找到智慧的根苗，因为皮相无常，转眼分散；宝物无常，死后不能带走——也正是这样的无常才成为世间烦恼的处所。

释迦牟尼说："人聚财宝，譬如蜜蜂酿蜜，采取各种花卉，经过许多时日的勤苦，一旦酿成了，人便拿去吃，它自己吃不到，只是疲惫而已。人也是这样，东奔西走，求这个做那个，把财宝累积起来，辛苦不能形容。直到死时，别人拿走他的财产，自己反而得了重罪，所受的苦，难以衡量。"（《三慧经》，改写成白话）

这是易懂的道理，自己拥财富固然辛苦，留给子孙可能反而害了子孙，我们看多少富家子弟挥霍无度、荒淫放纵，只是依恃祖先留下的财产，不但远离智慧清净日远，最后常身败名裂，身陷囹圄，连祖先都连累了。

有财产的人就有负担，有负担就不能舍却，不能舍却，就操心以殁，求道无门。因此从更高超的观点来看，美丽是危险的，有钱也是危险的。财宝与生命相比是微不足道的。世尊说："为护一家，宁舍一人。为护一村，宁舍一家。为护一国，宁舍一村。为护身命，宁舍国财。"一个国家的财宝多么巨大，为了一个人的生命尚且应该放弃，何况是一个人的财产，再多也只是海中一粟，有什么好留恋的呢？

"是故智慧者，金石同一观。"（《杂阿含经》）对于真正有智慧的人，黄金和石头是一样的；对于真正的智慧者，美丽的皮相是天地所生，转即失灭，并不足傲。因为如果人只知道黄金，就不能见到大地之美；如果人只知道皮相，便也不能知道心与智慧的美了。

我们在自然里也容易找到这样的例证，罂粟花不是最美的花吗？它却长出了鸦片。蛇类和花类中有最美丽的花纹，却往往是最毒的。而那些有最美毛皮的动物，往往因毛皮被猎杀致死；有最美丽羽毛的鸟则因羽毛而被捕，制成了标本。

放下你的财色吧！这样，你的心才能自在自足地飞翔。《遗教经》里说："知足之法，即是富乐安隐之处。知足之人，虽处地上，犹为安乐。不知足者，虽处天堂，亦不称意。不知足者，虽富而贫。知足之人，虽贫而富。"

最令人警惕的是《四十二章经》里说："财色之于人，譬如小儿贪刀刃之蜜甜，不足一食之美，然有截舌之患也。"——可叹的是，在这个世界上多的是身处于危险还自以为美丽的人，知道美丽是危险的人却总在少数。

飞翔的翅膀

○
○
○

"放下过去的烦恼，不担忧未来，不执着现在，内心就会平静。"

"没有贪爱和憎恨的人，就没有束缚。"

"只要是醒着，无论行、住、坐、卧，一个人就应该保持慈悲的胸怀。"

"在这个世界上，永远不可用仇恨来止息仇恨，仇恨只可以慈爱来止息。"

"胜利者招来怨恨，失败者生活在苦恼中，宁静的人舍弃胜败，所以平安幸福。"

"变化和无常是生命的特征。"

"平等地对待每一个人，不论其贫富或贵贱。"

"当一个人的言谈和举止怀着良善动机时，快乐便像影子般地跟随他。"

"在急躁的人群中要容忍，在凶暴的人群中要温和，在贪婪的人群中要慷慨。"

"约束自己以后才能约束别人，约束自己是最难的。"

"不要在你的智慧中夹杂傲慢，也不要使你的谦卑缺乏智慧的成分。"

"朋友的谄谀会败坏一个人的品德，同样的道理，敌人的侮辱有时也能矫正我们的错误。"

"从今天开始，一个人应当努力改进心智，因为我们从来不知道什么时候死亡。"

春天的发芽是可期待的

亮亮，这是我从正在读的一本书上抄来的格言，现在录下来寄给你，都是有关于修身的，我从少年时代就喜欢读一些格言、语录、文抄。虽然常常随读随忘，不过，我常把它们写在一本小册子，随身携带着，偶尔拿出来翻翻，感觉到身心都得到了清洗，尤其是在人世里遭到挫折不能排遣的时候，或者心情恶劣的时候，展读时就让人的心仿佛沉静下来。

一个人的心如果能在极度波动时，自己有能力沉静，就可以让我们看清有一些波动并不是那么严重，而是可以化解的，那么，我们就不会太容易被生活的挫败所击倒，就好像即使在冬天萎落的黄叶中，还知道春天的发芽是可期待的。

伟大的禅师云门文偃曾说过一句很有智慧的话："日日是好日"，日日是好日乃不是说天天都是阳光和煦的春天，而是每天让自己的心像温暖柔和的春阳来观照对应这个世界。还有禅宗四祖道信禅师在被问起"什么是佛？"的时候，他说："快乐无忧是佛。"这与日日是好日一样，我们都知道一个人的生命历程不可能完全顺遂，因此"快乐无忧"不是一种生命顺境的追求，而是内心平静的自我回归，当一个人能像大海一样容受一切风雨波涛的时候，又何惧于生活中的小风小浪呢？

可是支持我们"日日是好日""快乐无忧是佛"的信念，有时是来自从前的圣贤从智慧心田留下的花朵，就是我们所说的"座右铭"一类的东西，如果一个人在他的座位之侧竟没有一句语言支持他，他甚至很难去坚持一个小小的理想。我从前当报社记者的时候，曾经访问过数百位在社会上被认为是成功者的人，发现这些人都有座右铭，都有他们所深信不移地信念与理想，可知座右铭虽是短句，却往往涵容了生命极大的动力——这种动力很有历史感与时间感，从前有许多人因这些话得到益处，这些千锤百炼而不失光芒的话，同样也能给我们益处。

可惜的是，年轻人多少有叛逆的性格，往往不喜欢固定成规的东西，把它们都视为是八股、古董、僵化、保守、单调、呆板，反而不能累积智慧，总要撞得头破血流才知道：呀！原来在历史里和时间之流中的许多东西不是无用的！

不断波动与抗争的身心

我读书的时候有一位同学，他的口头禅是："有规定吗？"他不喜欢一切成规，自视甚高，甚至认为世界必然会在他手里改革。例如，他去吃西餐，别人总是先喝汤、吃沙拉、吃牛排、甜点，最后才喝咖啡，但他偏爱先吃牛排再喝汤，如果有人告诉他："西餐不是这样吃的。"他立刻两眼一翻说："有规定吗？"然后再补一句："谁规定的？"

上课的时候，他穿着内衣、短裤、拖鞋就到学校了，如果有人告诉他到学校这样不好看，他立刻两眼一翻："有规定吗？谁规定的？"

打篮球的时候，他把球抱在胸前，跑五六步去上篮，有人告诉他上篮只能跑三步，他也是一样："有规定吗？谁规定的？"

有一次，他住在乡下的老母亲来看他，他对母亲粗声粗气、又吼又叫，他母亲回去后，我对他说："你对妈妈不应该这样子呀！"他说："有规定应该对母亲什么样子吗？"那一天我气得七窍生烟，想不通世界上为什么会诞生出这样的人。

有一些行为，固然这个世界没有规定，可是如果一味地去做却会伤害自我，成为人人眼中的怪物，使自己的身心失去平衡和谐。当然，也没有人规定一个人的身心一定要平衡和谐，可是一个人在不断波动与抗争的身心中，不正是一步一步走上绝路吗？

最近，有一家"司迪麦口香糖"的广告很受年轻人欢迎，也在广告界引起很大的争议。有一位学生行为不检，被学校退学了，他的女朋友问："你以后要怎么办？"他说："管他的，先来一粒司迪麦吧！"在教室里有许多垂死的鸭子，学生受到压力，然后说："来一粒司迪麦！"

一个上班族的女性，在办公室中受到男同事的性骚扰，惊魂未定地回到家里，一只怪手搭在肩上，她大吃一惊回头，男朋友拿一条口香糖说："来一粒司迪麦吧！"还有，一个少年躺在黑暗的地上，遍体鳞伤，突然跃起冲破一道围墙，旁白说："拿掉你心中的黑影子，来一粒司迪麦吧！"

不想和世界争辩了

我们看这些简单的口香糖广告，会以为司迪麦是仙丹一样，可以解决人生的一切困境，天大的难题，只要吃一粒口香糖就化解了。

不只是司迪麦吧！有一个咖啡的电视广告，是一个母亲恶狠狠地责备趴在桌上睡着的女儿，一个男孩子推车到一个咖啡的霓虹灯下，旁白说："不想和世界争辩了！"（这广告的反面思考是：世界何尝愿意和你争辩呢？而且，不想争辩也不一定要半夜出来喝咖啡，又充满了落寞的神情呀！）

还有一个"黑松沙士"的广告，衬底的歌是这样的：

> 你是不是像我在太阳下低头
> 流着汗水默默辛苦地工作
> 你是不是像我就算受了冷落
> 也不放弃自己想要的生活
> 我知道
> 我的未来不是梦

画面是一个衬衫雪白、高大英俊的加油站工人（世界上没有加油站的工人能维持这么干净），先为开着跑车的美女修车，流了一身晶莹的汗水，坐在豪华宾士轿车的大老板看到这位青年如此优秀，从窗口递一张名片给他，他的同事围过来羡慕地看着他手中的名片，他喜不自胜地打开一罐黑松沙士，背景正在唱"我的未来不是梦"。

另外一个饼干广告，是少女在一天的忙碌后回到家，打开抽屉的饼干说："现在，留一点自己给自己吧！"

以上都是近来大家公认的出色广告，但可忧虑的是，他们都有一个共同的意识形态，就是告诉我们："在这个世界，不必活得太认真！"吃一粒口香糖就可以解决人间一切的挫败与烦恼，拿到一张有钱人的名片就会使人的未来不是梦，这是一种什么样的意识呢？但有这样的广告，正反映出这个社会的青年，普遍的一种向往，就是把事情简单化、幼稚化，并且希望不经由长久的理想坚持，依靠别人的提拔而一步登天。

在悲欢中看世界的美丽

亲爱的亮亮，这个世界虽然是不尽完满的世界，却是现代青年不可逃避的世界，与其逃避世界而得到暂时的凉意（司迪麦或黑松沙士），还不如真实地面对世界，才更有幸福的可能。（当然，这个世界也不规定人都要追求幸福，但幸福不是人非常自然的渴望吗？）

一切人间的困境之解除，原非外在环境的简化与逃离就可以达到，而是要开展一个更大的心灵视野，维持在真实对应中有心的高点，当一个人（尤其是青年）能有更高超的人格与坚持理想的毅力，才可以真正地睥睨人生，不被挫败所戕伤。我刚刚提到历史感与时间感，这一点很重要，当我们认识到人生是一个不断的连锁反应时，培养出对自我历史与自我时间的掌握，才不会被片段的人生逃离所迷惑。

好了，话题好像扯得远了。我前几天到一个山上去看人飞翔滑翔翼，有一些两边都装着翅膀的青年，他们满头大汗地奔跑，就像放风筝一样，跑一段路后滑翔翼就起飞了，我看到他们流汗、欢呼、鼓掌，然后在空中的人破风而去，用满足的神情看着万丈红尘的世界。亮亮，那时候我深深地被感动了，虽然我没有在滑翔翼上，但我仿佛也看见了身下开阔的红尘世界，这世界有着空气污染、人心堕落、欲望横流、冷漠败德的种种缺失，但若我们有一副够坚强的翅膀，我们仍然能用欢呼鼓掌的眼睛来俯视它，我们的心若在高点，还是可以在悲欢中看到世界的美丽——最美的眼睛，是流过泪的眼睛；最优越的心灵，是被忧欢洗礼过的心灵。

远方，并不太远！

看着滑翔翼飞翔的时候，我想到，从前的人的智慧（包括我们的父母、兄长、长辈）就像我们心灵的翅膀，可以把我们心的世界带到高点，他们给我们的格言、座右铭就像装了铁架的翅膀，可以乘风破浪，在动摇中飞向远方，远方的希望固然遥远，但给自己一副翅膀，不就飞得更高更远，使它不再是梦了吗？

亮亮，我童年时代有一段时间，住在铁道旁边，最喜欢的游戏是俯身把耳朵贴在铁轨上，听着远方开过来的火车声音，以及当火车开过去，把脸颊贴在轨道，感受铁轨的热度，心里最期待的是，希望有一天也能搭着火车到远方去，我第一次坐火车到北部时，在车上竟热泪满眼。

远方，很远；但对一个有远方希望又装了心的翅膀的青年，远方，也不太远！

当痛苦来临时

○
○
○

　　痛苦是佛教的起源之一，释迦牟尼佛就是看到人间的痛苦才开始修行，我们知道他曾经四次走出城门，分别看到生、老、病、死，带给他很大的震撼，因此他才常常思考如何来面对解决，甚至超脱这些痛苦，缘此才有了佛教。

　　所以我们今天要讲《当痛苦来临时》这个题目时，首先要认识到痛苦是伟大的开始。历史上许多伟大的人物都经历了不少痛苦，当然小人物也经历了很多痛苦。不过，为什么有些人经历了痛苦能变成伟大的人物，有些人却不能呢？这完全在于他面对痛苦的态度，以及对痛苦的认识和了解。

痛苦来自四方面

依照佛经的讲法，痛苦叫作"苦受"，苦受是对不好、不顺利、不可爱等等境况的感受，也就是基于生理、情绪、思想产生的苦恼、忧伤、厌恨的觉受。经典上说众生的痛苦来自四方面：第一是恶业的果报，也就因果报应。第二是因缘的变貌，也就是说所有因缘的累积都有消散的一天，好因缘消散时使我们痛苦，坏因缘升起时也使我们痛苦。第三是无常的现象，也就是说我们无法经常保持在喜乐平安的状态，所以生活会起伏不定，生命也会生老病死。第四是来自于自心的烦恼，也就是自己所升起的烦恼。前面三种烦恼是人人都会遭遇到的，包括伟大的人物，但是伟大人物和小人物最大的不同来自于对第四个自心烦恼的认识，因为最后一种完全是自我的，和环境、遭遇的关系不大，它是由自己的习气升起，使自我的心不能开展，所以，这种痛苦也是因人而异。同样一群人承受到相同的痛苦时，某个人可能会觉得最不能忍受，相对的，他的烦恼也最多。

举个例子来说，有一天我在报上读到一则报道说，有一位高三生受不了联考的压力，心里非常痛苦，一直想要自杀，这个念头被他妈妈知道后便极力阻止，并且告诉他："你不可以自杀，因为自杀会下地狱。"高三学生说："下地狱也不会比每天考试更痛苦。"妈妈说："不一定，地狱的痛苦是不可想象的。"高三生问："难道下了地狱以后，就没有机会进天堂吗？"妈妈说："有，下地狱后也可以上天堂，不过中间还要经过考试，而且这个考试不是每天考，而是每秒钟都在考。"高三生听了吓坏了，从此再也不想自杀。

从这个例子来看，我们每个人都会遭遇到相同状况，都要参加考试，可是中间却有人承受不起而自杀，而承受不起又和成绩高低无关，主要

取决于自心的烦恼。

自心的烦恼在于对事物的差别和我们的习气对应所产生的。当我们看到一件事情时，往往会基于它的表面现象产生差别感觉，例如名字、形象……

名相经过一道手续，我们的看法可能就完全不同。我经常发现名相可以为人带来一些烦恼和喜悦。记得有一次我到郊外去找一位朋友，他家的院子里开了很多美丽的花，他告诉我这种花叫"天人菊"，而"天人菊"在我们乡下却被唤做"鸡屎菊"，因为它很容易生长，鸡群常在花丛大小便。还有一种花叫"马缨丹"，乡下却叫它做"死人花"，因为它常长在坟场里。另外有一种花叫"紫茉莉"，台湾话却叫作"煮饭花"，因为它总在黄昏煮饭时间开花。

同样一件东西透过我们的觉受，可能产生完全不同的效果，所以，一个人如果对东西有差别心，无法看出它的实相，就会产生很多不必要的烦恼。有些坏东西若用好的角度来看待，则可能变成好的。譬如乡下人经常喜欢骂小孩："你这个凸肚短命，夭寿死团仔。"这些话虽然很难听，却是充满了爱。又如从前的人都认为"天公疼憨人"，所以故意将孩子名字取得很俗气。记得我父亲有两个朋友，一个姓黄，一个姓白，姓黄的名字叫"黄皮箱"，姓白的叫"白牛车"，你听到这两个名字一定想不透他们是什么样的人，其实，他俩都是很好的人。这也就是差别心，差别心使我们产生自心的烦恼，如果我们能够打破差别心和自心的烦恼，就可以减轻很多痛苦。而打破这种烦恼劫，也就是我们面对痛苦的第一步。所以首先我们要打破自心的烦恼，才能有一个坦然稳健的态度来面对人生。

我记得我曾读过艾森豪的传记，受到很大的感动，他谈到小时候常和爸妈、哥哥一起打桥牌，有一次他拿到了一副坏牌，心里非常不痛快，便一边打一边埋怨，他妈妈听到后很不高兴，斥责他说："孩子，玩牌的规矩就是不管你拿到什么牌，都不可以抱怨，而要尽力打好它。人生的规矩也是这样，不论你遭遇到何种处境，你都要在这种处境和条件当中，尽可能地做到最好的地步。"艾森豪后来变成一个伟大的人物，他自己说母亲的这一席话带给他很大的影响。

所以说，每个人拿到的牌都不一样，有的人也许拿的都是坏牌，不过仍然能打赢，为什么？因为他尽最大的力量去打它。

痛苦是众生的本质

接着，我们要认识痛苦的第二种观点，那就是：痛苦是众生的本质。读过佛经的人都知道，经典中讲痛苦的篇章远比快乐来得多。为什么？因为在佛教的观点里，即使快乐也是痛苦的，也就是说所有的东西都是痛苦的，痛苦是生活和众生的本质。为什么说快乐也是痛苦的呢？因为快乐到最后仍然会失去，这种失去便是最大的痛苦。

在《俱舍论》中曾经将痛苦的本质分为三种，第一种叫苦苦，第二种叫坏苦，第三种叫形苦。所谓苦苦就是痛苦逼恼我们，坏苦是快乐的事物败坏的痛苦，形苦则是人生的生灭和迁流是痛苦的。所以经典告诉我们一个结论：凡是三界的众生都是痛苦的。

依照天台宗的说法，三界的痛苦是有差别的，欲界的众生是三苦皆具，色界的众生没有苦苦，只有坏苦和形苦。而无色界的众生则只有形苦。也就是说愈下界的众生痛苦愈深愈多，所以才有六道之说，六道之说表示天人也是痛苦的，这也就是佛教不鼓励我们求生天界的原因。

众生痛苦的本质纵使是修行者也不能免除，有一天我到一间寺庙去参访，寺庙后面的山上盖了一间小房子，我问寺里的师父："后面那个小房子是做什么的？"他说："是闭关用的，有一个师父在闭生死关。"我听了肃然起敬，因为所谓生死关就是发愿走进关房，不死就不出来，我就问："闭了几年了？"他说："好几年了。"我问："情况如何？"

他说："情况还不错，不过闭生死关的这个师父有一天牙痛，痛得满地打滚，就叫徒弟到山下找一个牙医来，牙医进入关房帮师父看牙齿，说：'你的牙齿都烂掉了，需要用机器来治疗，但是我的机器太大，没办法搬上山来，你要医牙齿就要到山下去，否则会痛死在里面。'师父没办法，只好破关而出，到山下医牙齿，然后再重新发愿闭关。"这个故事给我们一个深刻的启示，一个发愿要闭生死关的师父是很令人钦佩的，可是他却连牙痛都受不了，修行这么好的师父都难以忍受牙痛，那么像我们修行浅薄的人又有什么好说。

我常常听到学佛者说："生死我已经看开了。"也许有人并不怕死，却忍不住"痛死不要命"的牙痛。我曾经有过一次拔掉四颗牙的经验，真是痛得满地打滚，那时不仅觉得自己嘴里无齿，同时心里也无耻。想到自己修行那么久，为什么连牙痛也无法忍受，如此还跟人家谈什么了生死和解脱，从那一次开始，我再也不敢向别人说："生死已经看开"的这一类话。

其实，不仅现代的修行者如此，连古代伟大的禅师也一样。宋朝有一位伟大的禅师叫克勤圆悟，他刚出家时，专研教理，由于根器很高，所以通达佛教的道理。有一天，他生了一场大病，非常痛苦，心里就想：我研究过佛教的许多教理，却无法减免生病的痛苦，我发愿等病好后，一定要走修行实践的道路。

病好之后，他就开始去参访名师，他首先去参访真觉禅师，他去时看到真觉禅师坐在那儿，臂膀上长了一个大疮，还流着脓血。他看了吓一跳，心想大家都说真觉禅师已经是个解脱者，怎么还在长疮。他疑惑地跪下来问真觉禅师什么叫佛法，真觉禅师指着疮说："我现在流的脓都是曹溪的法乳。"曹溪是六祖慧能传法的地方，都是六祖慧能留下的法乳。克勤圆悟听了更加疑惑，就问："师父，佛法真的是这样子吗？"真觉禅师不再理他，于是，克勤圆悟只好离开，遍参当时伟大的禅师，每个禅师都盛赞他有很深的根器，然而克勤圆悟的心里还是很疑惑，因为一个人的根器如何，自己是非常清楚。后来，他找到了五祖法演，和五祖讨论佛理，原先克勤圆悟到哪里都受到赞美，可是五祖却对他说："你的修行很差。"克勤圆悟想：每个人都说我的修行很好，于是不服气地和师父辩论，甚至大吵起来，然后气恼地说："既然你不认为我优秀，我就走了。"五祖法演对他说："等到你将来碰到一场大病时，就会想到我。"后来克勤圆悟就到南方金山寺继续修行。结果果然生了一场大病，就念咒、念佛、念经，可是都无法克服病痛，他痛哭失声，躺在床上发愿：等到我病好了，一定要重新去参访五祖，后来病好了，就去参访五祖，向五祖礼拜忏悔，五祖就收他做徒弟，他便在五祖的座下顿悟了，成为伟大的禅师。

大家听了也许觉得很安慰，连克勤圆悟这么伟大的禅师碰到病痛的折磨，仍然会和我们有着相同的反应。不过，他却仍然有两点和我们不同。第一，克勤圆悟一生生了许多次大病，每次生病，他都发愿，也悟到新的境界，可说是没有白病一场。第二是克勤禅师生病时，又发愿又忏悔，这一点也和我们不同。经典上记载，克勤最后一次大病，也就是要去见五祖之前，已经修到会全身放光，使大地震动的境界，但是他仍没有因病而生起怨恨之心，也没有失去对菩提道的信心，他又忏悔又发愿，这一点对我们毋宁是一个很好的启发。所以，当我们生病时，应该好好来对待它，因为病痛可能是我们开悟的基础。

再说到释迦牟尼佛，他的一生也经历过很多病痛，经典说这是"示病"，他在雪山修行时得了风湿，所以到晚年时为背痛所苦，也曾经因为吃到不洁的东西而腹泻不已。连释迦牟尼佛都会遭遇到痛苦，何况是众生，所以说，痛苦是众生的本质。

在许多部佛经当中，都曾记载佛和佛相见面的情形，像《法华经》记载各地的佛来和释迦牟尼见面，见面的第一句话是："世尊少病少恼，安乐行否？"也就是说"你们的佛是不是少生病、少烦恼，过得很安乐？"从这句话可以推定，佛菩萨也会生病和烦恼，只不过他们的病和恼都是由众生所起的。伟大的维摩诘居士在《维摩诘经》里也记载了他示病的过程。由上可见，生病和痛苦都是正常的，因为它是生命的本质，纵使是成佛之后，仍然会遭遇到这种痛苦。

痛苦的八种类型

第三种我们要谈的是痛苦的类型，佛经将痛苦归纳为八种类型，就是生、老、病、死、爱别离、怨憎会、所求不得、烦恼炽盛。首先我们先来看经典中如何记载这些痛苦。经上说生苦，表示入胎和出胎都很痛苦，胎儿在母亲的肚子里受到压迫、不自由，非常痛苦，所以婴儿出生后，第一件事不是笑，而是哭，因为他在出生的过程实在太痛苦了。

其次是老苦，老苦分成两个部分，第一是增长的痛苦，生命一直在增长，从少年、壮年、老年到衰败，这种增长让我们不安宁。第二是灭坏，也就是身体愈来愈坏，精神耗损。

病的痛苦也可分为两种，第一是身病，即身体的病，来自四大不调，第二是心病，即心怀苦恼。

经典上说死苦有两种，一种是因病而死，另一种则因灾难、横祸而死，而且死有各种痛苦和死状。有一次，我在永春市场向一位老头买甘蔗，这个老头一面削甘蔗一面和我聊天说他这辈子看过各式各样的死状，我就说："那你可不可以说来听听？"他说："可以啊，我曾看人笑死过、哭死过，也看过爸爸开车撞死儿子，儿子开车撞死爸爸，还看过有人打麻将自摸乐死了，也有人被摸到牌而气死了。"不管是哪一种死法，都是痛苦的。

据经典的说法，爱别离就是"求聚而不能共处"，怨憎会是"求离反聚"。所求不得是"世间一切事物心里所爱却求不到"。烦恼炽盛在经典中有另一种说法，即五阴盛苦，也就是由色、受、想、行、识这五种东西所引起的痛苦。

除了以上八种痛苦外，在《瑜伽师地论》里还讲到另外八种痛苦，一是寒苦，二是热苦，三是饥苦，四是渴苦，五是不自在苦，六是自逼恼苦，七是他逼恼苦，八是一类威仪多时住苦，即是前面七种集合起来的痛苦。

痛苦是烦恼的根源，所以，经典上说：人有八万四千个烦恼、八万四千种病，从这个角度来看，众生确实有无量的痛苦。

解脱痛苦的六种方法

接下来第四个要讲的是解脱痛苦的方法，依照佛经的说法，痛苦是没有解脱的方法，唯一的方法便是脱出轮回。

现在让我们来回叙一下，《中阿含经》记载释迦牟尼佛第一次说法是在鹿野苑为五比丘说法，他所讲的是四圣谛，即是"苦、集、灭、道"，四圣谛就是四个真实不虚的看法，是所有圣贤都知道的真理。第一圣谛是人生本质是痛苦的，这一点刚才我们已经提过。第二个集就是苦是由迷惘、烦恼和习气所聚集。第三，灭掉苦的根本便可以进入涅槃，这个叫作灭。第四，这是解脱的唯一道路，所以叫作道。因此，不要想减轻或解脱痛苦，除非是出生死，不出生死便不能解决人生痛苦的问题。

痛苦不能解决，那该如何是好？有没有一些方法可以在痛苦来临时去面对它？有的。经典说过许多解决痛苦的方法，现在我将它归纳为几点：

面对痛苦的第一个方法就是觉悟，觉悟到每个人都会面临痛苦，面对痛苦时没有什么办法可想，除非我解脱，然而自己解脱是非常艰难的，只有用一个简单的方法，就是去佛的净土，这也莫怪乎净土宗那么盛行，

因为净土宗是一个比较方便、简单的方法，可以让我们得到解脱，离开痛苦，我现在来讲一个净土宗的故事。

在《观无量寿佛经》里记载为什么会有西方净土这样的信仰，这是因为释迦牟尼佛有一次为一位韦提希皇后说法。据佛经上记载，从前王舍城的太子叫作阿阇世，他的爸爸叫苹婆娑罗，阿阇世太子很讨厌自己的爸爸，便把爸爸抓起来关进监牢里，他的母亲韦提希皇后非常痛苦，每天对着天空拜佛，请求佛陀来为她受戒，解决她的痛苦，所以，每天目犍连都从空中来为她受八关斋戒，八关斋戒简单地说就是杀、盗、淫、妄、不非时食、不涂香华鬘、不歌舞伎町、不睡高广大床，佛还派富楼那尊者来为她说法。后来，太子知道佛每天都派弟子来为母亲说法，非常生气，指责母亲每天都和这些奇奇怪怪的出家人在一起，原有意杀掉她，可是大臣却力谏不可如此，结果太子便把母亲关进牢里，皇后在监牢里涕泣说：希望释迦牟尼佛为我说一个没有忧恼的地方，让我去往生，因为我不喜欢阎浮提这种浊恶的世间，在这个世间里，地狱的饿鬼、畜生都聚在一起。希望我日后不要听到恶声，不要看到坏人。

释迦牟尼佛接到她的祈请，就到牢里来看她，将十方诸佛的世界都化现在头顶上，任由她选择，皇后看了半天说：我希望去往生阿弥陀佛的极乐净土。由此，我们可以知道西方极乐净土第一，最美好，第二，和娑婆世间的众生最有缘。

以上就是觉悟，要从痛苦当中觉悟唯有解脱，可是靠自己解脱又很困难，只有跟着佛一起来解脱比较容易。当我们说到极乐世界和净土时，并非指死后才解脱。在我们相信有一个这样的净土可以去，并且确信自己会去的那一刻开始，我们便已经从痛苦中解脱，所以，心的改变是非常重要的。

有一次，郑石岩教授告诉我一个西方教育心理学的个案，让我听了十分感动。个案的主角是一个事业有成的中年人，他虽然拥有很多的钱财和权势，可是心里却非常痛苦，觉得人生无望，没有意义。有一天，他去找一位心理医生，这个医生听了他的话后，开给他四帖药说："我现在开给你四帖药装在药袋里，明天早上九点钟以前，你带着这四帖药，一个人独自去海边，九点、十二点、下午三点和五点各吃一帖，你的病就会好，但是今天晚上你不可先打开这些药。"

隔天，这个中年人一早便单独开着车到海边去，九点钟，他打开第一帖药，药方上写着两个字："谛听"，他便坐下来静静地聆听海浪和鸟声，觉得心里得到无比的宁静。十二点时，他打开第二帖药，上面写着"回忆"，要他好好回忆如何来到这个世界，经过怎样的奋斗，以致走到今天这么痛苦的地步。下午三点钟，他打开第三帖药，里面写着几个字："检讨你的动机"，为什么从前要如此奋斗，动机是什么？目标是什么？最后又得到什么？下午五点，他打开第四帖药，里面写着："把你的烦恼写在沙滩上"，他便站起来将烦恼写在沙滩上，一直写到夕阳西下，一阵海浪涌上来，将他的烦恼全部冲走。这个人一下子豁然开朗，愉快地开车回去，对人生有了新的开悟。从心理学观点来看，这是心理治疗，而从佛法的角度来看，这就是觉悟的过程。

觉悟是出离痛苦的第一个方法，第二个方法就是守戒，刚刚提到韦提希皇后在受苦时，求受八关斋戒，用更坚强的戒律来抵抗痛苦，因为今天的痛苦都是由于从前不守戒所引起的，所以，从今天开始，在遭遇痛苦时，要更谨慎、更守戒律，因着戒心，才能使我们得到解脱。

第三个方法是忏悔，"为什么这个世界这么多人，只有我遭遇到现在这种痛苦呢？"这点真令自己惭愧。通常人遭遇到痛苦会有两种反应，一是怨恨，一是愚痴。现在我们不要怨恨，也不要愚痴，而要回过头来忏悔和惭愧。当我们升起强烈的忏悔心时，便可以减轻自己的痛苦，因为这种痛苦本来就是我们所该受的。不只是一般人要忏悔，即连伟大的修行者在病痛时也要忏悔，像前面讲到的克勤圆悟禅师每次生病时，都发起大的忏悔。

《六祖坛经》中有一品叫《传香忏悔品》，说到："今与汝等受无相忏悔，灭三世罪，得三业清净。"意思是说：我今天给你们受这种无相的忏悔，可以灭掉你们三世的罪业，得到身、口、意三业的清净。

忏悔有很多方法，最简单的方法就是升起忏悔的心。不过，在佛教中，有一些方法是有次第，而且可依仪轨照着做，那就是拜忏，诸如大悲忏、药师忏、地藏忏、金刚忏、梁皇宝忏、水陆大法会等等，常常拜忏，起忏悔的心，可以使我们脱离痛苦。

解决痛苦的第四个方法是祈求三宝的加披，我刚才说过，一个人要得到解脱是很艰难的，祈求三宝的加披可以助我们一臂之力，使我们更精进，不会被痛苦击倒。常常祈求会使我们产生定力和智慧，如此可使得我们对痛苦有一个新的观点，所以释迦牟尼佛曾说过："法地不动，一切皆安，法地若动，一切不安。"

第五种面临痛苦的方法就是忍辱，我们现在会遭遇到外境的痛苦，那是因为从前我们曾经使别人痛苦，我们会碰到内在的痛苦，那是因为从前我们的身口意不清净的造作而来的，所以要忍耐、忍辱，等待痛苦，渡过难关。

有很多人遭遇到痛苦来找我，我告诉他们要忍耐，因为学佛需要接受磨炼，你要花钱请人来让你痛苦，还没有人愿意做，而现在你不用花钱，便有一个人或一个事件每天来折磨你，使你精进道业，有更大的力量来面对痛苦，这是多么值得高兴的事。

禅宗有两个禅师，一个叫寒山，另一个叫拾得，有一天寒山问拾得说："世间谤我、欺我、辱我、笑我、轻我、践我、厌我、骗我，如何处置？"拾得回答说："只是忍他、让他、由他、避他、耐他、敬他、不管他，再过几年看他如何？"这个他不只包括外界，还包括自我，看自己会横行到几时，痛苦会到何种地步。当我们不断忍辱，到后来就会忍无可忍，这个世界也就没有什么事是不可以忍受的，甚至也就没有忍受的觉受。

忍辱可以舍弃痛苦的因果，当从前所造成的一个恶因升起时，会使我们痛苦，我们忍辱度过它，这个果就消失，如果我们不忍辱，这个果就增加，这也就是忍辱重要的原因。

第六个面对痛苦的方法是要有坚固的出离心，也就是要想着：我要解脱，很快地解脱，而且这一世就要解脱。当痛苦来临时，就会使我们升起出离心。有些人夫妻关系不合，感到非常痛苦，便来学佛，我问他们说："夫妻不合或夫妻恩爱者，哪一种人死的时候比较容易往生极乐世界？"他们说："好像是不合的，比较放得开。"夫妻恩爱者，若一方先死，便会舍不得走，仍想下辈子再续姻缘，结果就彼此纠缠不清。所以坏境不一定产生坏的结果，有时反而使我们产生大的出离心，这种出离心使我们不会被痛苦所转动，可以坦然地面对、包容痛苦。

这个世界上没有永远的生命，所有的东西升起后都会灭去，痛苦既然也在因缘法里面，便会生、住、异、灭，也就是说，这个世界上没有不会消灭的痛苦，如此想来就令人较为乐观。当我们在痛苦时，常常用一些方法来对待它，以减轻痛苦，不过要解脱它，只有出离这个污浊的世间。

痛苦是伟大的开始

今天我讲了很多关于痛苦的事情，这并不表示我自己没有痛苦，我也和大家一样，每天都在面对痛苦，我只是觉得我们应该更坦然地面对自己的痛苦。

《百喻经》里有一个故事说，从前有一个秃头的人为自己的秃头感到十分痛苦，他冬天太冷，夏天为了遮炎又戴假发，结果太热。他告诉朋友说："我秃头得很痛苦，好想自杀算了。"他的朋友说："你不用那么痛苦，我知道离这里二十里外，有一个非常高明的医生，什么疑难杂症都会治，只要你去找他，他一定可以妙手回春，你就不用自杀。"秃头者听了非常高兴，便徒步走到二十里外去找医生。

当他见到这个名医时，连忙将自己秃头的烦恼一股脑说出来，医生听完他的述说后，便将自己的帽子脱下来，原来医生也是个秃头，医生指着自己的头说："你看到我的头了吗？是不是和你一样？"那个人点点头，医生说："既然我不能医好自己的秃头，又怎么能够医治你的秃头呢？不过，我能忠告你的是：虽然不能治好它，却不要为它烦恼。"

释迦牟尼佛说这个名医就是诚实无欺，佛也是如此，是真语者，实语者，不妄语者。

我和大家谈了许多痛苦，说不定我比大家还痛苦，但是我可以告诉大家的是：不要被痛苦所左右、为痛苦而烦恼，我自己秃头，我并不烦恼，我也痛苦，但是我也不烦恼，为什么呢？因为我们没有时间烦恼。在痛苦来临时，我常常提醒自己：我没有时间沉溺在痛苦里面，或被痛苦所转，我必须立刻跳出来，因为无常可能很快就到。其次，我告诉自己，现在所有的痛苦都是我理当承受的，所以我无怨地接受它、忏悔、发愿，努力地向前走。经常想到无常、自己的恶业，同时不断地忏悔，就能用更宽广的见解去包容痛苦，因为这个世界上的痛苦并不全然是坏的，有很多好的东西也是痛苦的。

去年，我在香港的百货公司买了一大尊罗汉骑在犀牛上向前冲的陶器，买完之后，售货人员拿了一个很大的箱子，塞了一些碎纸、稻草，然后将陶器放进去，还告诉我东西放在箱子里，即使寄空运也不怕摔破。回到旅馆后，我愈看那箱子愈大，心里开始有点紧张，怕托运会摔坏，于是决定把陶器改装到袋子里，自己提着上飞机。谁知在飞机上走不到几步路，因为袋子实在太大了，一个不留神撞到旁的椅子，只听到"铿"

的一声，犀牛的腿断了一只。当时我坐在飞机上，心里非常后悔为什么要把箱子丢掉，这个箱子里的破报纸、稻草对陶器来说，价值是等同的，失去这些东西的保护，陶器破了，也失去了它的价值。

所以，我们要认识到只要自己的内在有一个最珍贵、最美好的陶器就好了，至于其他的破报纸、稻草都是无关紧要，只不过是用来包围这个陶器，使我们可以安然地将它带到自己要去的地方，到了那个地方，我就会把这些碎纸、稻草丢掉。

人生遭遇到的痛苦也像这些破报纸和稻草一样，看起来无用，却往往能保护我们的陶器不会破裂，所以，痛苦是伟大的开始，好好地来享受我们的痛苦，大家一起努力来面对它，坚固地走向菩提之路，希望从此以后不要再痛苦，至于要如何做，日后才不会再痛苦，只有四个字最简单、最有效、最快速，就是："阿弥陀佛"。

被失败的苹果击中

闻名世界的日本服装设计师三宅一生，在被访问到他如何成功地设计出独创一格的服装时，谈到两个颇值深思的问题。

一是他认为自己所设计的服装只完成了"部分"，而把一半创造的空间留给穿着的人，这样，使得穿衣服的人能穿出自己的风格，并且使同一件衣服也有极大的不同，依这个观念设计出来的服装不容易失败。

一是他选择衣服布料的时候，每次到布厂去，总是请他们拿出设计、印染、编织失败的布料，他则依照这些被公认为"失败"的布料，找到灵感，裁制出最具独创与美感的作品，因此他的作品总是独一无二，领导着世界的服装潮流。

三宅一生的话给我们许多启示。他无疑是当今日本最成功的服装设计师，他的年收入大约五千万美元，因为他，使日本服装业得到国际性的尊敬，东京的服饰新潮始能与巴黎、纽约、米兰抗衡，成为世界流行的中心。

三宅一生的服装近年也在台北登陆，是台北关心服饰的人所共知的大师级人物。他的"失败哲学"，颇有值得我们参考的地方。对于一个有创造力的艺术家，生活的进程最重要的是有成功的企图心，但是，成功不是必然的，唯有在失败的因子里找成功的果实，才可能创造真正的成功。

美国现代大画家路西欧·方达（Lucio Fontan），早年画油画时受到顿挫，心情大为恶劣，有一天坐在画布前面竟一笔也画不下去，他生气地拿起一把刀把画布割破了，在画布破裂的一刹那犹如电光石火，他马上有一个灵感："割破的画布算不算是一种创作呢？"于是把另外的画布拿来，一一割破，然后公开展览，竟使他创造了新的艺术观，成为一代大师。

当然，像他们这样在失败中求取成功的人，历史上不可胜数，我们可以把这种失败称之为"打在牛顿头上的苹果"，因为他们被失败的苹果击中，才碰击出成功的火花。

佛经里有一句话，"众生以菩提为烦恼，菩萨以烦恼为菩提"，或说，"烦恼即菩提"，意思不是烦恼等于菩提，意思是对于有慧心的人，他总能在烦恼中找到智慧，为了治愈更多的烦恼，因此产生愈深的智慧——平顺的人通常不会比愈挫愈奋的人有智慧，真正的智者，往往能不惮失败的烦恼就是这个道理。安乐令人沉沦，忧患反而激发生存的力量，也是这个道理。

在现实生活中，失败当然是一件可怕的事，几乎没有人喜欢失败，可惜这世界上没有永远的成功者，我们可肯定地说："那些在人生后半段成功的人，是由于他们在人生的前半段失败中，找到了成功的灵感。"唯有在失败中成功，才不只是形式与事业的成功，而是连心灵也成功了。

活出美感

今天我和一位朋友约在茶艺馆喝茶，那家茶艺馆是复古形式的，布置得美轮美奂，里面有些特别引起我注意的东西，在偌大的墙上挂着老式农村的牛车轮，由于岁月的侵蚀，那由整块木板劈成的车轮中间裂了两道深浅不一的裂缝，裂缝在那纯白的墙上显得格外有一种沧桑之美。

从前我没有告诉过你，我的祖父林旺在我们故乡曾经经营过一座牛车场，他曾拥有过三十几部牛车，时常租给人载运货物，就有一点像现在的货运公司一样。我那从未见过面的祖父就是赶牛车白手起家的，后来买几块薄田才转业成农夫。据我父亲说，祖父的三十几部牛车就是这种还没有轮轴的车轮，所以一看到这车轮就使我想起祖父和他的时代，我只见过他的画像，他非常精瘦，就如同今日我们在台湾乡下所见的老者一样，他脸上风霜的线条仿佛是现在我眼前牛车的裂痕，有一种沧桑的刚毅之美。

这一点土卖二十元吗？

茶艺馆的桌椅是早年台湾农村的民艺品，古色古香，有如老家厅堂里的桌椅，还有橱柜也是，真不知道他们如何找到这么多早期民间的东西，这些从前我们生活的必需品，现在都成为珍奇的艺术品了，听说价钱还满昂贵的。

在另一面的墙角，摆着锄头、扁担、斗笠、蓑衣、畚箕、箩筐等等一些日常下田的用品，都已经是旧了，它们聚集在一起，以精白灿亮的聚光灯投射，在明暗的实物与影子中，确实有非常非常之美——就好像照在我们老家的墙角，因为在瓦屋泥土地上摆的也正是这些东西。

我忽然想起父亲在田间的背影，父亲年轻时和祖父一起经营牛车场，后来祖父落地生根，父亲也成为道地的农夫了，他在农田土地上艰苦种作，与风雨水土挣扎搏斗，才养育我们成人。父亲在生前每一两个月就戴坏一顶斗笠，他的一生恐怕戴坏数百顶斗笠了，当然那顶茶艺馆的斗笠比父亲从前戴用的要精致得多，而且也不像父亲的斗笠曝过烈日染过汗水。

坐在茶艺馆等待朋友，想起这些，突然有一点茫然了，我的祖父一定没有想到他当时跑在粗糙田路的牛车轮会神明似的被供奉着，父亲当然也不会知道他的生活用具会被当艺术品展示，因为他们的时代过去了，他们在这土地上奉献了一生的精力，离开了世间。他们生前没有受过什么教育，不知道欣赏艺术，也没有机会参与文化的一切，在他们的时代里只追求温饱、没有灾害、平安地过日子。

亮亮，记得我对你说过，我父亲到台北花市，看到一袋泥土卖二十元的情况吗？他掂掂泥土的重量，嘴巴张得很大："这一点土卖二十元吗？"在那个时候，晚年的父亲才感觉到他们的时代已经过去了。

是的，我看到那车轮、斗笠被神圣供奉时，也感叹不但祖父和父亲的时代过去了，我们的时代也在转变中，想想看，我在乡下也戴过十几年斗笠，今后可能再也不会戴了。

发财三辈子，才懂得生活

朋友因为台北东区惯常的塞车而迟到了，我告诉他看到车轮与斗笠的感想，朋友是外省人，但他也深有同感。他说在他们安徽有句土话说："要发财三辈子，才知道穿衣吃饭。"意思是前两代的人吃饭只求饱腹、衣着只求蔽体，其他就别无要求，要到第三代的人才知道讲究衣食的精致与品味，这时才有一点点精神的层面出来。其实，这里说的"穿衣吃饭"指的是"生活"，是说："要发财三辈子，才懂得生活。"

朋友提到我们上两代的中国人，很感慨地说："我们祖父与父亲的时代，都还活在动物的层次里，在他们的年代只能求活命，像动物一样艰苦卑屈地生活着，到我们这一代才比较不像动物了，但大多数中国人虽然富有，还是过动物层次的生活。在香港和台北都有整幢大楼是饭馆，别的都不卖。对我们来说，像日本十几层大楼都是书店，真是不可思议的事；还有，我们二十四小时营业的不是饮食摊就是色情业，像欧洲很多书店二十四小时营业，也是我们不能想象的。"

朋友也提到他从前结婚时，有一位长辈要送他一幅画，他吓一跳，赶忙说："您不要送我画了，送我两张椅子就好。"因为他当时穷得连两张椅子也买不起，别说有兴致看画了，后来才知道一幅画有时抵得过数万张椅子。他说："现在如果有人送我画或椅子，我当然要画，但这已经是二十年的事了。我们年轻时也在动物层次呀！"

我听到朋友说"动物层次"四个字，惊了一下，这当然没有任何不敬或嘲讽的意思，我们的父祖辈也确实没有余力去过精神的生活，甚至还不知道他们戴的斗笠和拿的锄头有那么美。现在我们知道了，台湾也富有了，就不应该把所有的钱都用在酒池肉林、声色犬马，不能天天只是吃、吃、吃，是开始学习超越动物层次生活的时候了。

超越动物层次的生活不只是精致与品味的追求，而是要追求民主、平等、自由、人权的社会生活，自己则要懂得更多的宽容、忍让、谦虚与关爱，用最简单的说法："就是要活出人的尊严与人的美感。"这些都不是财富可以缔造的（虽然它要站在财富的基础上才可能成功），而是要有更多的人文素养与无限的人道关怀，并且有愿意为人群献身的热诚，这些，我觉得是台湾青年最缺乏的。

从茶艺馆出来，我有很多感触，但因与另外一位成功的企业家有约，就匆匆赶去赴约。到企业家的家使我更加深先前的感触，他住在一幢极豪华的住宅，房子光是装潢就花掉几百万，他家里有两架极大的电视机，可能是七十寸的样子，可是这企业家客厅墙上竟挂着拙劣不堪的外销画，还有一幅很大的美女月历，他对美感几乎是盲目的，连桌子茶杯都不会挑选，每看见他家的一样东西都让我惊心动魄。真可怕呀！这些年来，我们的社会造就许多这样对美感盲目、人文素养零分的企业家！可见有些东西不是金钱能买到，有些有钱人甚至买不到一只好茶杯，你相信吗？

人文主义的消退和沦落

我曾到台湾最大的企业办公室去开会，那有数万名员工的大楼里，墙上没有一幅画（甚至没有一点颜色，全是死白），整个大楼没有一株绿色植物，而董事长宴客的餐桌上摆着让人吃不下饭的俗恶塑胶花，墙上都是劣画。我回来后非常伤心，如果我们连四周的环境都没有更细致优美的心来对待，我们怎么可能奢谈照顾环境、保护资源的事呢？这使我知道了，有钱以后如果不能改造心胸、提升心灵层次，其实是满可悲的。

当然，每个社会都有不同的困境，最近，美国有一本畅销书《美国人思想的封闭》（The Closing of the American Mind)，是芝加哥大学教授艾伦·布鲁姆（Allan Bloom）写的，他批评现在的美国青年对美好生活不感兴趣，甘愿沉溺在感官与知觉的满足，他们漫无目标、莫衷一是、男女关系混乱、家庭伦理淡薄、贪图物欲享受，简直一无是处。简单地说是：美国青年的人文主义在消退和沦落了。

套用我朋友的安徽俗语是："发财超过三辈子，沉溺穿衣吃饭了。"美国青年正是如此吧！

但回头想想，我们还没有像美国有那么长的安定、那样富有的生活，在民主、自由、平等、人权上也差之远甚，可是我们的很多青年生活方式已经像布鲁姆教授笔下的美国青年了，甚至连很多中老年人都沉溺于物欲，只会追求感官的满足。另外一部分则成为金钱与工作的机器，多么可怕呀！

亮亮，有空的时候不妨到台北市的长春路走走，有时我想，全美国的理发厅加起来都没有台北长春路多。也不妨到西门町走走，你在世界任何城市，都不可能走一千公尺被二十个色情"黄牛"拦路，只有台北才有。也不妨到安和路走走，真真栉比鳞次的啤酒屋，全世界没有一个国家的人民像我们这样疯狂纵酒的……美国人在为失去人文主义忧心，我们是还没有建立什么人文主义，就已经沉沦了。想到父祖辈的斗笠、牛车轮、锄头、蓑衣、箩筐这些东西所代表的血汗与泪水的岁月，有时使我的心纠结在一起。

走遍牛车轮的时代

是不是我们要永远像动物一样，被口腹、色情等欲望驱迫地生活着呢？难道我们不能追求更美好的生活吗？

亮亮，有些东西虽然遥不可及，有如日月星辰的光芒一样，但是为了光明，我们不得不挺起胸膛走去，我们不要在长春路的红灯、西门町的黑巷、安和路的酒桶里消磨我们的生命，让我们这一代在深夜里坚强自己：让我们活出人的尊严和人的美感。

给你说这些的时候，我仿佛又看见了茶艺馆里聚光灯所照射的角落，我们应该继承父祖的辛勤与坚毅，但我们要比他们有更广大的心胸，到底，我们已经走过牛车轮的时代，并逐渐知道它所代表的深意了。

让我们以感恩的心纪念父祖的时代，并创造他们连梦也不敢梦的人的尊严、人的美感。

分别心与平等智

番薯的见解

朋友告诉我一个真实故事，说他的两个孩子太好命了，这也不吃，那也不吃，每到吃饭时间就成为父母的头痛时间。

出生在台湾光复初期的朋友，每到用餐时间就不免唠叨，说："我们小时候哪有这么好命，连饭都没得吃，三餐都吃番薯配菜脯，你们现在有这么多菜还不吃，真是有够酷刑。"

由于唠叨的次数多了，小孩子都不爱听，有一天，他又在继续"念经"，大儿子就问说："爸爸，番薯真的那么难吃吗？我甘愿吃番薯，也不吃这些大鱼大肉。"

小女儿也说话了："我甘愿吃菜脯！"

爸爸生气了，第二天真的跑去市场，找半天才找到烤番薯，又买了

一些萝卜干，晚餐就吃番薯配菜脯。

两个孩子吃了吓一跳，没想到爸爸口里"呷番薯配菜脯"是恐怖事件，吃起来却那么好吃，两人商议半天，一起来向爸爸说："爸爸，番薯真好吃，我们以后可不可以每天吃番薯配菜脯？"

番薯本身是没有好坏的，由于个人经验的不同，个人观点的差异而生起差别的心。

就在不久之前，我到阳明山的日月农庄去，看到有人卖烤番薯，每十五分钟才能开缸一次，每次一开缸，番薯立刻卖完，我带着孩子排四十五分钟才买到，一斤五十元，说起来真是难以置信。为什么要排队排那么久呢？因为有许多孩子什么山珍海味都不吃，只吵着要吃烤番薯。

"哇！这番薯有够香有够好呷！"这样的赞叹此起彼落。

不准礼佛

星云法师在大陆当学僧的时候，发现在大陆的佛学院里，训导处每遇到学生犯错，就处罚他们去拜佛忏悔，譬如说"罚你拜佛一百零八拜"。

或者处罚学生跪香，在别的学生都睡觉时不准睡，要在佛前跪几炷香，悔过完了才可以就寝。

久了之后，学僧对拜佛和跪香都视为畏途，还是少年的星云法师的感触很深：拜佛与跪香是何等庄严欢喜的事，怎可用来处罚学生呢？

后来，他在佛光山办丛林学院，有犯错的学生，就规定他们不准做早晚课，不准拜佛，每次别的学生在做早晚课或拜佛时，罚他们站在大殿外看，就是不准礼佛。被罚的学生心里着急得不得了，虽然身不能拜，心也就跟着拜了。

犯错比较轻微的，就处罚他们提早就寝，躺在床上不可起床，学生们在床上翻来覆去睡不着，想到别人都在用功办道，心里就忏悔得不得了。

一旦不准拜佛的学生解禁，准予拜佛了，往往热爱拜佛，拜得涕泪交零。

一旦不准跪香，只准睡觉的学生解禁，往往在佛菩萨面前流泪忏悔，再也不敢贪睡贪玩了。

当星云法师的弟子告诉我这个故事时，我非常感动，这也就是为什么"星云法师"变成"星云大师"的原因了，大师的诞生，原非偶然。

蟑螂与福报

我们在家里不杀蚊虫和蟑螂，原因是认识到蚊虫蟑螂乃是业的呈现，不是偶然的。

但是蚊虫易于防范，只要注意纱门纱窗就可以免于侵扰，蟑螂却不行，它们无所不在，或从花圃，或从水管爬出来，与我们共同生活，不过，只要把它当做蝉或蝴蝶之类，也就相安无事了。

比较不好意思的是有客人来的时候，它们依然会在家里走来走去，大摇大摆，有时会吓到客人，因此每次客人来的时候，我就昭告家中蟑螂："今天有客人，你们暂时躲一躲，等客人走了，再出来吧！"

蟑螂满通人性，经常给我面子。

但是，偶有出状况的时候，有一次，三位西藏喇嘛来家里做客，有两只蟑螂大摇大摆地爬过桌子，我示意它们快躲起来，它们充耳不闻，正在尴尬的时候，一位喇嘛说："林居士，你是很有福报的人呀！"

我正感到迷惑的时候，他说："在西藏、尼泊尔、印度、拉达克这些地方，由于蟑螂少，家里有蟑螂是象征那一家人有福报，如果没有福报，蟑螂都懒得去呢！"

从此，我对家里的蟑螂更客气，看它们奔跑，我说："嘿！走慢点，别摔跤了！"看到蟑螂掉在马桶，我把它捞起来，说："游泳的时候要小心呀！"——我总是记着：我是有福报的人，所以它们才愿意来投靠我。

有一天，家里重新油漆，油漆工翻箱搬柜，工作了一星期，当工作结束，工头一面向我收钱，一面向我邀功，说："林先生，这一星期我至少帮你踩死一百只蟑螂。"

我听了怅然悲伤说："哎呀！你好残忍，我养了好几年蟑螂才养到一百多只呢！你一星期就踩死了一百只。"

工头愣在那里，很久说不出话来。

分别心

我们凡夫对世间万象总会生起分别的执着，对现前的事物产生是非、善恶、人我、大小、美丑、好坏等种种的差别观感，这种取舍分别的心正是障碍佛道修行的妄想情执，这种心也称为"执着心""涉境心"。

依照《摄大乘论》的说法，凡夫所起的分别，是由迷妄所产生的，与真如的理不相契合，如果要得到"真如的心"，就必须舍离凡夫的分别智，依无分别智才行。

菩萨在初地入见道的时候，缘一切法的真如，超越"能知"与"所知"的对立，才可能获得平等的无分别智，所以才说："大道无难，唯嫌拣择。"

"分别心"的对待是"平常心"，平常心不是没有是非、善恶、人我、大小、美丑、好坏的智觉，而是以心为主体，不被是非、善恶、人我、大小、美丑、好坏所转动、所污染。

让我们再来复习一下马祖道一和南泉普愿禅师的话：

"道不用修，但莫污染。

何为污染？但有生死心，造作趣向，皆是污染。

若欲直会其道，平常心是道。

谓平常心无造作、无是非、无取舍、无断常、无凡无圣。

道不属知，不属不知；知是妄觉，不知是无记。若真达不拟之道，犹如太虚廓然洞豁，岂可强是非也。"

平等智

《法华经科注》说："平等有二：一法平等，即大慧所观中道理也。二众生平等，谓一切众生皆用因理以至于果，同得佛慧也。"

"平等"是佛教里最重要的思想，所以，佛陀经常勉励菩萨，要有平等心、平等力、平等大悲、平等大慧，然后由平等观、平等觉、平等三业证入平等性智、平等法身。

《华严经离世间品》里说到菩萨有十种平等：一切众生平等、一切法平等、一切刹平等、一切深心平等、一切善根平等、一切菩萨平等、一切愿平等、一切波罗蜜平等、一切行平等、一切佛平等。"菩萨若安住此法，则得一切诸佛无上平等之法。"

《大方等大集经》则举出众生的十种平等：众生平等、法平等、清净平等、布施平等、戒平等、忍平等、精进平等、禅平等、智平等、一切法清净平等。"众生若具此平等，能速得入无畏之大城。"

平等，是一切众生入佛智的不二法门，"不二"，也是平等。

平等，也是一切菩萨修行，契入大悲与大智的不二法门。

无相大师

从前有一位无相大师，收了两位弟子，一位敏慧，一位愚鲁。

无相大师平常教化弟子常说："修行人最重要的就是宁做傻瓜。"

两位弟子都谨记在心。

有一天，下大雨，寺庙的大殿好几处漏雨，无相大师呼唤弟子说："下大雨了，快拿东西来接雨。"

敏慧的弟子提着一个小桶冲出来，师父看了很生气："下这么大的雨，你提这么小的桶怎么接？真是傻瓜！"弟子听了很不高兴，桶子一放，就跑了。

愚鲁的弟子匆忙间找不到桶子，随手取了一个竹篓冲出来，师父看了又好气又好笑，就笑着说："你真是天下第一号大傻瓜，有漏洞的竹篓怎么能接雨呢？"

弟子看到无相大师笑得那么开心，又想到师父平常的教化："修行人最重要的就是宁做傻瓜！"现在师父说我："天下第一号大傻瓜！"不是最大的赞美吗？一时心开意解，悟到应以无漏心来接天下的法雨，立即证入平等性，就开悟了！

黑夜的月亮与星星

在人生里也是这样，要有无漏的心，要有平等的心，那些被欲望葛藤所缚、追名逐利、藐视众生之辈，或者看我是傻瓜，但无所谓，因为"愚人笑我，智乃知焉！"

半杯水，可以看成是半空而惋惜，也可以看成半满，感到无比的庆幸！

天下没有最好吃的食物，饥饿的时候，什么食物都好吃。

天下也没有最好的处境，好心情的时候，日日是好日，处处开莲花！

天下没有最能开启觉悟的情与境，有清净心，平等看待生命的每一步，打破分别的执着，那就是觉悟最好的情境！

在不能进的时候，何妨退一步看看。

在被阻碍的路上，何妨换一条路走走。

在被苦厄围困时，何妨转个心境体会体会。

天下没有永远的黑夜呀！黎明必在黑夜之后，那时就会气清景明、繁花盛开了。

人生的黑夜也没什么不好，愈是黑暗的晚上，月亮与星星就愈是美丽了。如果不是雪山的漫漫长夜，佛陀怎么会看见天边明亮的晨星呢！

向寒暑处去

世人休说路行难，
鸟道羊肠咫尺间；
珍重苎谿谿畔水，
汝归沧海我归山。

——保福清谿禅师

最近正逢到一年一度的考季，我有一些亲戚朋友的孩子也在应考，大家都不免心情忐忑，一方面抱怨天气实在太热，联考最好改在春秋两季举行，气候适宜，免得苦了考生又苦了家长。

一方面担心自己的孩子考不上，不知道如何面对打击，甚至是不是可以承受这种打击。

我觉得联考在什么时间举行其实都是一样的，因为全体考生都在该

时间应考，非常的公平。而季节也没有什么好坏之分，古代大肆宰杀牛羊祭祀天地都是在春天，处死犯人的"秋决"则是在秋季，春秋两季也不见得都是好的。

至于考不考得上大学，并不能决定人生的方向，每年落榜的人数总是超过上榜的人数，大部分的孩子在事前都有这种认知，因此也可以度过落榜的煎熬。

我最喜欢举的落榜例子，是现任台北市市长黄大洲，他第一年大学联考没有考上理想的学校，卷土重来，第二年考上台大农学院，他的老师正好是李登辉，后来两人到美国留学又是同学。李"总统"日后从政，提拔了黄大洲，他才有机会一步一步做到市长。黄大洲在接受访问时，认为如果他第一年不落榜，第二年不会做李登辉的学生，今天就不大可能当市长了。

我们可以看到人的机运是多么奇特，在长远的人生道途上，一时的失败不一定是真失败，那是由于人生有许多变数，不是一时两季就能断定。换个方式说，有许多家长害怕自己的子女在台湾长大要面对升学联考的压力，因此移民到国外，但是，不论走遍天涯海角，比联考更重大的人生考验更多的是！

这使我想起在《碧岩录》里的一则禅公案：

僧问洞山："寒暑到来，如何回避？"

（寒冷和酷暑到来的时候，要怎样去回避？）

洞山说："何不向无寒暑处去？"

（那为什么不去没有寒冷和酷暑的地方呢？）

僧云："如何是无寒暑处？"

（如何才能去没有寒冷和酷暑的地方？）

洞山说："寒时寒杀阇黎，热时热杀阇黎！"

（冷时冷死你，热时热死你，那就是没有寒暑的地方！）

我喜欢这个公案，因为它表达了极为丰富的人生情境，在我们生活的自然现象里，寒冷与酷暑都是使我们感觉痛苦，违背我们心意，人人都想回避的。可是寒冷与酷暑实际上是对自然的运作有帮助，没有寒冷的凋敝与休息，春天就不可能萌发；若没有酷暑，就没有坚实的秋收了。

　　自然界的寒冷与酷暑，在人生中的象征则是各种痛苦、困境与考验。人活着而有痛苦、困境与考验，根本是无可回避的现实，有如自然之有寒暑，与其憎恨寒暑，回避寒暑，还不如去面对它，知道寒暑是自然的一体。

　　近代禅学大师铃木大拙，有一次遇到一位对东方哲学很有研究的瑞士籍教授，谈到禅心。瑞士教授盛赞中国禅在面对酷暑时用"心静自然凉"、"家家有明月清风"，确实是远胜西方人的冷气机呀！

　　铃木大拙不以为然，他说："我认为发明冷气机的本身就是一种禅心。"

　　"心静自然凉"和"冷气机"都是由面对酷暑而产生的，这种面对是融入了环境的现实，去到一个没有寒冷和酷暑的地方。我们喜与春秋为伍，因此和冬夏生起对立的心；我们渴求无灾无难，事事如意，因此畏怯痛苦、困境与考验。

但寒暑、痛苦、困境与考验都是没有实体的东西，买一部冷暖气机就解决寒暑的问题，同样的，准备好面对痛苦、困境与考验，就可以用"大死一番"的坦然面对人生，然后才可以"大活现成"！联考的失败不会逼人走进绝路，只有回避、畏怯、憎恨自己才会走入绝路。

《正法眼藏》里记载一位盘山禅师，久修不悟，颇为烦恼，有一天独行过街，看到一个人在肉摊前买猪肉，对肉摊老板说："给我切一斤上好的肉。"

肉摊老板听了，两手交叉在胸前说："哪一块不是上好的肉呢？"

盘山禅师听了当下大悟。

肉本来就没有好坏、上下，就像有人偏爱吃猪头皮、猪蹄、猪尾巴一样，对他来说，那最低贱的反而是最上等的好肉。

考联考的孩子动辄十数万，哪一个不是上等的好孩子呢？考上了，是我们的好孩子，没考上，也依然是我们的好孩子呀！